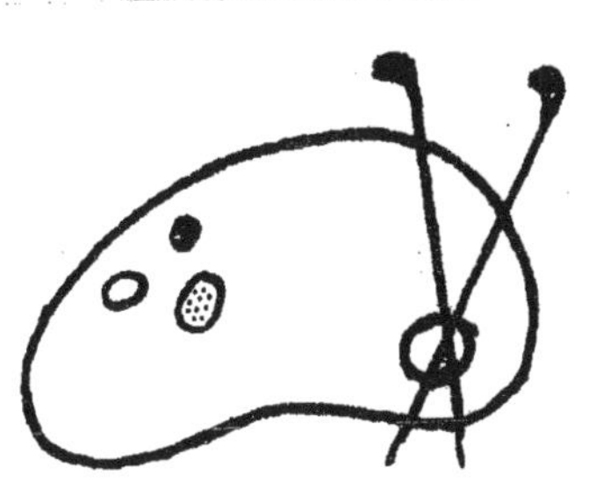

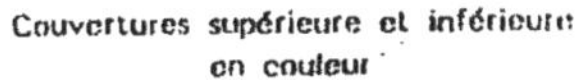

Couvertures supérieure et inférieure
en couleur

UN
PETIT MONDE D'AVIATEURS
EN L'AN 2000
PAR
RENÉ LORRAINE
A. MAME & FILS
Editeurs à Tours

NOUVELLE COLLECTION

FORMAT GRAND IN-8° — 4° SÉRIE

A l'Hospice, par Roger Dombre.

Ambition de Germaine (L'); JOURNAL D'UNE SŒUR AINÉE, par Pierre du Château.

Aventures d'un étrange Contrebandier, par Pierre d'Arlay.

Bonne Fée (LA), par Mlle Lucie des Ages.

Château de Tante Rose (LE), par Mme Maisonneuve.

Chevalier de Ronsard (LE), et le BANE MARATCHINE, roman historique, par Ceresnes.

Douze César (LES), par Roger Dombre.

Duc d'Aumale (LE), par Mme la comtesse Berthe de Clinchamp.

En rupture de ban, par Mlle Julie Borius.

Fille de Marin, par Mme Maisonneuve.

Fille du Brahmane (LA), par Delauney du Dézen.

Georgette, par Mlle Marguerite Levray.

Héritier du duc Jean (L'), par Champol.

Jean Luck et Cie, par Mme Maisonneuve.

Jeunesse de quatre hommes célèbres (LA), traduit de l'anglais par Mlle Hoiry.

Légende du mont Pilate (LA), suivi de : LE NOEL DE BÉBÉ VICTOR ; — LE DERNIER JOUR DE PHTA-NEHI ; — HISTOIRES A DORMIR DEBOUT ; — LES SEPT CHAMBRES DU DIABLE, par Charles Buet.

Maison de marbre (LA), par Jean Save.

Mission d'André (LA), par Mlle Marthe Bertin.

Montgommery; ÉPISODE DE L'HISTOIRE DU MONT SAINT-MICHEL, par Étienne Dupont.

Nouvelle patrie, par Charles Vincent.

Petit Louis (LE), par Henry Paulhier.

Première en tout, par Mlle L. Mussat.

Sacrifiée, par Mme la comtesse de Beaumont.

Sœurs de grands hommes, par Mme Marie de Grandmaison.

Tout-Petit; HISTOIRE D'UN ENFANT, par Marie de Mirbach.

Une Française chez les sauvages, par Mme Goussard de Mayolle

Une Ame d'élite, par Yolanda.

Un Petit monde d'aviateurs en l'an 2000, par René Lorraine.

Tours. — Impr. Mame.

UN PETIT MONDE D'AVIATEURS

EN L'AN 2000

4ᵉ SÉRIE GRAND IN-8ᵉ

(Nᵒ 2427)

Mais sans cesse ses yeux s'attachaient sur la forme frêle. (Page 9.)

RENÉ LORRAINE

UN PETIT MONDE

D'AVIATEURS

EN L'AN 2000

TOURS

MAISON ALFRED MAME ET FILS

UN PETIT MONDE D'AVIATEURS

EN L'AN 2000

I

Au soir déclinant, dans l'espace libre et vibrant de la
mer toute proche, le jeune Breton se découvrit. Il offrit un
instant son front au vent âpre et puissant venu des contrées lointaines, puis se tourna vers la lande.

Elle achevait de fleurir. Les feuillages sombres et piquants
des ajoncs se paraient de faibles lueurs; les bruyères
teintaient la plaine d'une nuance douce, uniforme, gar-
dant encore, dans cette saison jeune, le parfum triste et
recueilli des automnes, qu'elles ne perdent jamais entière-
ment.

Sans doute, cette nature lui était chère. Peut-être aussi
en sentait-il l'indépendance et la noblesse; car une flamme

d'orgueil et de joie passa dans ses yeux clairs, particuliers à ceux de sa race.

Il était vraiment un peu étrange, à cette époque de l'an 2000. Il n'était pas du siècle, seulement « du temps », de ce temps ne reculant guère que de cent années, mais doublé par les conceptions hardie, des hommes et leurs aventureuses conquêtes.

Lui ne ressemblait à personne.

Son père et son aïeul·l'avaient élevé dans le culte ardent du passé, l'isolant de la trépidation violente de la vie menée par les autres hommes. Aussi était-il resté magnifiquement primitif.

D'ailleurs, il n'en souffrait pas. Sa sœur Léna lui suffisait. Il ne concevait pas une autre existence que celle menée à Pont-Aven.

De son pas souple, nerveux, le jeune homme se disposait à franchir la lande. Une sorte de halètement lui fit soudain lever la tête.

Dans le ciel bas et doux, où le jour fléchissait à une hauteur de cent mètres environ, tantôt au-dessus de la mer, tantôt au-dessus de la lande, un aéroplane louvoyait avec sa grâce hardie.

Un éclair de dureté et d'implacable rancune fulgura dans le regard d'Allan de Plouarec. En ce Breton hostile au progrès, tout pétri du passé et des traditions, une révolte furieuse se leva, semblable à celle du sauvage voyant l'envahisseur mettre le pied sur son sol.

Il aurait voulu ne pas voir, ne pas entendre. Mais sans cesse ses yeux s'attachaient sur la forme frêle, admirable, qui courait comme une mouette au-dessus des flots.

Qui étaient-ils? D'où venaient-ils?

Il tressaillit. L'aéroplane, plutôt semblable à un biplan de course, était maintenant assez rapproché pour qu'il en pût distinguer les passagers.

Un homme et une femme. Du pilote on ne détaillait pas les traits, à demi cachés par la casquette sportive rabattue sur le visage; mais de la femme, dont le buste mince et gracile supposait une extrême jeunesse, on voyait l'écharpe vive se déroulant et flottant dans le vent du soir.

Un nom lui vint aux lèvres. Au même instant, l'aéroplane fit entendre un appel harmonieux et disparut d'un vol rapide.

Le regard d'Allan, qui s'y était attaché avec une obsession irritée et un féroce dégoût, s'abaissa, se reposa sur la douceur de la campagne.

Il se secoua comme au sortir d'un rêve pénible et, reprenant sa course, traversa le parc de son domaine, où l'on avait conservé les massifs bordés de buis ancien, entra dans la vaste salle aux fenêtres grandes ouvertes sur la nuit commençante.

« J'ai entendu l'aérien passer au sud de Pont-Aven, » dit près de lui une voix douce et prenante de femme.

Dans ce milieu, de ces lèvres au dessin paisible et antique, ces mots paraissaient bizarres, presque déplacés.

Allan se retourna.

« Ce n'est pas l'aérien fit-il avec des intonations basses et courroucées. C'est Leytang et sa fille qui excursionnent aux environs et sont attendus ici, dans notre maison.

— Vraiment, tu as pu les reconnaître? Les as-tu appelés au passage? Oh! Allan, ceci est merveilleux!

— Pourquoi les aurais-je appelés? Je ne crois pas, en dehors des lois de l'hospitalité ordinaire, être obligé à une amabilité excessive. Je te l'avoue, Léna, la note très moderne de cette visite ne me plaît pas.

— Mais l'aviateur Leytang est notre parent, et l'on dit sa fille tout à fait charmante.

— Aussi est-ce leur intrusion seule dans notre milieu qui me répugne. J'estime Leytang, mais ne désire pas le connaître.

— Je suis bien plus progressive, dit Léna de sa voix jeune, et je désire tout à fait la venue de Leytang et de Divie.

— Divie! Rien que ce nom singulier...

— Il est un peu breton, répliqua la jeune fille, et le contraste doit en être charmant avec celle si délicieusement intrépide qui le porte. On dit qu'elle a pris part à toutes les traversées aériennes faites par son père depuis plusieurs années.

— C'est justement ce qui m'exaspère. Je n'admets pas qu'une femme mène cette existence si indépendante, touchant au fantastique.

— Toutes les femmes ne peuvent être des Léna, répondit

la sœur. D'ailleurs, Divie n'a plus de mère; puis l'aviation est devenue un mode de locomotion très ordinaire, et tes vieux chevaux nous reportent à des temps préhistoriques. Ne te fâche pas, Allan, moi aussi j'aime toutes ces choses vieillies, elles sont une part de nous-mêmes. Je ne quitterais pas Plouarec pour toutes les joies du monde, et je me montre seulement très curieuse, ce soir, d'être rapprochée de gens dont la façon de vivre est si dissemblable de la nôtre. »

Allan leva les épaules.

« A 8 heures et demie, je serai à ta disposition, Léna, concéda-t-il pourtant. C'est à peu près l'heure où les Leytang arriveront.

— Oui, nous sommes bien prévenus ainsi.

— Alors à bientôt, » fit-il en s'éloignant.

Léna, restée seule, s'accouda un instant à la balustrade de pierre.

Contrairement aux femmes de son temps, elle avait encore la faculté très rare de rêver. Son cerveau, meublé de façon suffisante, conservait assez de liberté pour pouvoir goûter la poésie qui l'entourait.

Elle n'avait point fait d'études abstraites, bien que les jeunes filles du siècle eussent toutes leur diplôme de bachelière.

Mais Léna vivait à part de celles-là, et ce qu'elle perdait en précision et en science, elle le retrouvait dans une excessive fraîcheur d'imagination.

Un instant après, elle s'affairait dans la salle à manger et disposait sur la table la nappe à liteaux, les couverts massifs et armoriés, seul luxe du service.

L'appel très proche d'une sirène la fit se redresser. Elle courut sur le perron, et de là un spectacle étrange et tenant plus du rêve que de la réalité se présenta à ses yeux.

Sur la pelouse, assez vaste pour offrir un lieu commode d'atterrissage, un aéroplane s'était posé.

Non pas un aéroplane tel que l'avaient conçu les premiers inventeurs du vol humain, ni même un biplan dont les essais avaient été prestigieux, mais un aéroplane se rapprochant de l'oiseau par la structure, la forme des ailes, et mû par l'électricité. Les hélices, encore frémissantes de la course, s'apaisaient par degrés, et déjà, sans que son pied vacillât, au sortir de cette traversée aérienne, une jeune fille de petite taille venait à la rencontre de Léna.

« Je suis tout à fait heureuse de vous voir, » dit-elle avec un accent hésitant.

Elle avait l'habitude de sé servir de l'espéranto, langage universel de l'époque, et les expressions françaises, dont elle devait faire usage vis-à-vis de sa cousine, la déroutaient un peu.

Léna lui tendit les mains.

« Je ne vous le cède en rien à la joie d'être réunis, répliqua-t-elle. Mon oncle Leytang, vous souvenez-vous encore de notre Plouarec?

— Comment aurais-je oublié les joies naïves et sincères que j'y ai connues!

— Par d'autres joies plus puissantes, celles dues à votre aventureuse carrière.

— Elles ne remplacent pas les premières, et je retrouve Pont-Aven avec un bonheur inexprimable. Mais n'est-ce point Plouarec que j'aperçois?

— Oui, c'est mon frère, c'est Allan, » dit Léna.

Le Breton s'avançait en effet. Il avait une démarche un peu lente, une stature athlétique, écrasant celle de Leytang, fine, nerveuse et distinguée.

Il vint sans chaleur à l'aviateur et s'inclina devant Divie.

« J'aime à croire que votre voyage s'est bien effectué, dit-il avec une politesse glaciale.

— Nous arrivons de Marseille. C'est un très court trajet de quelques heures, répondit la jeune fille, s'adressant aussi bien à Léna.

— Quoi! quelques heures pour venir de Marseille ici? » Divie se mit à rire.

« Cela vous paraît-il si prodigieux, ma chère Léna?

— Oh! je ne suis au courant de rien en ce qui touche à toutes ces vitesses vertigineuses. Allan a horreur de cette vie nouvelle et fiévreuse! »

Les yeux intelligents de Divie se levèrent vers le jeune homme, Il se sentit enveloppé de leur flamme pénétrante, où ne se lisait nulle malice, rien qu'un sincère étonnement.

Pourtant elle se tut et pénétra, à la suite de Léna, dans l'immense vestibule simplement carrelé.

« Père, comme ce manoir est bien ainsi que vous me l'aviez dépeint! s'écria-t-elle. Comme ces plafonds sont hauts! Et ces fenêtres à meneaux, Léna, on dirait une église.

— Vous n'êtes pas au bout de vos découvertes. Voyez cette vaste cheminée, où la fraîcheur du printemps oblige à faire encore du feu.

— Et c'est bien un feu de bois. Je n'en ai vu que rarement, et jamais d'aussi joyeux. C'est plus poétique que nos cheminées électriques, » fit Divie, tendant gentiment ses mains à la flamme.

C'était bien le plus précieux des contrastes, celui de cette enfant moderne faisant irruption dans la vieille demeure. Leytang en sourit, et, caressant les beaux cheveux de sa fille :

« Tu as des étonnements qui sont pour moi des souvenirs, fit-il d'une voix soudain altérée. Léna, c'est ici que j'ai brisé avec ma famille. C'est de cette place où vous êtes assise que mon père m'a chassé le jour où, rompant avec les traditions nous rivant à Pont-Aven, je lui fis part de ma vocation d'aviateur.

— Mais il vous a pardonné, ajouta Divie avec tendresse.

— Il m'a pardonné, oui, au retour d'un voyage m'ouvrant la route du succès, et d'où l'on avait cru ne jamais me voir revenir. C'est en descendant de mon monoplan que j'ai serré ses mains de vieillard, accentuant dans leur étreinte ce que me disaient ses pauvres lèvres tremblantes :

« — Tu as bien fait,... tu as bien fait... »

« Mais voilà vingt ans passés que je ne suis revenu ici, et si différent du départ!

— Oui, notre vie doit vous paraître effroyablement terne.

— Je ne pourrais, en effet, la revivre, pas plus que ma fille ne saurait s'y accoutumer; mais je jouis de ce retour passager. »

Il s'était tourné vers la lumière de la lampe. Allan arrêta un instant les yeux sur ce profil ferme aux lignes nettes et fines, puis les reporta sur Divie.

Elle ressemblait à son père. C'était la même ciselure de visage. Elle n'était pas aussi jolie que Léna, mais elle produisait plus d'effet, à cause surtout de l'ardeur de son regard.

« Il est très tard. Nous allons passer dans la salle à manger, annonça Léna, obéissant à l'invitation du vieux serviteur qui venait d'ouvrir l'un des battants de chêne de la porte. Allan, offre ton bras à Divie. »

Le jeune homme éprouva une impression désagréable à voir l'étoffe élégante de la manche de Divie se poser sur son veston démodé, coupé à Pont-Aven. Il répudiait tout ce qui ne cadrait point avec sa vie austère, et ne pouvait souffrir non plus d'en voir sa beauté diminuée.

Leytang était trop homme du monde pour importuner Allan et Léna du récit de ses voyages, et ce fut en quelques mots brefs qu'il parla de ce pays du Levant dont il revenait, avec sa fille, sur un aéroplane très perfectionné.

On n'en était plus à des essais pourtant pleins de périlleuse gloire. Près d'un siècle auparavant, des expériences hardies avaient été tentées par des hommes énergiques : Paulhan, Blériot, Beaumont et d'autres, dont on retrouvait les exploits dans les journaux du temps. Le vieux monde avait applaudi; puis la science, enfin triomphante, avait renversé toutes les barrières. On en était arrivé aux bateaux volants, servant de longs-courriers à ce monde très jeune, très sceptique, qui avait remplacé l'ancien.

« Mon cher Plouarec, parlez-nous un peu de la vie menée ici, demanda Leytang avec affabilité. Je comptais vous retrouver marié, et j'eusse été heureux de voir cette maison aussi bruyante qu'à l'époque où j'y venais avec mon père.

— Ma vocation est de vivre seul, répondit Allan avec un de ses rares sourires. Je ne trouverais pas une femme acceptant notre vie claustrale.

— Pourquoi vous l'êtes-vous faite si séparée?

— Je n'en ai jamais souffert. Ensuite, nous sommes pauvres, et je l'aime ainsi, conclut-il avec son accent rude, où se retrouvait le Celte.

— Père, il est vingt-trois heures, et Léna tombe de sommeil, interrompit Divie. Nous sommes impardonnables de nous attarder si longtemps. »

Léna sourit.

« Vos beaux yeux de dix-sept ans souffriraient tout autant que les miens d'une veille trop prolongée. Venez, Divie, je vais vous conduire à votre chambre. »

Elle allait tendre la main à Allan. Une faible rougeur passa sur son visage lorsqu'elle le vit la saluer avec assez de cérémonie, pour supprimer toute intimité entre eux, et elle suivit Léna vers le grand escalier de pierre.

« Voici votre chambre, ma chère petite Divie, fit Léna ouvrant la porte d'une pièce sévère, mais parée de quelques objets jeunes et gais. Elle vous semblera peut-être triste et pleine de mystères. Vous ne pouvez avoir peur. Je vous ai mis un crucifix qui est pour notre maison une très précieuse relique, et dans ce bénitier de cristal vous pourrez tremper vos doigts avant de vous endormir. »

Divie se tourna vers elle en souriant :

« Mais je n'ai aucune croyance, répondit-elle avec douceur.

— Quoi ! Divie, vous ne pratiquez pas la religion catholique ?

— Je n'en pratique aucune. Est-ce très utile ? Oui, Léna, je sais les Bretonnes rivées à leur foi ; mais j'ai été élevée ainsi. Pourquoi vous paraît-il si surprenant qu'une femme ne soit attachée à aucun culte ?

— Divie, je ne comprends pas que l'on puisse vivre sans cela.

2

— Il y a tant d'autres choses pouvant remplir la vie!

— L'occuper, oui, mais non la remplir. Divie, pardonnez-moi, dit-elle, s'interrompant soudain, de vous avoir parlé ainsi. Je ne me reconnai͵ pas le droit de vous faire la morale, et c'est une sympathie spontanée qui m'a dicté ces paroles. »

La fille de l'aviateur pencha vers Léna son front charmant.

« Je ne puis être froissée. Je dois d'ailleurs vous sembler si différente des femmes connues par vous! Cette chambre n'a sans doute jamais abrité que des croyantes; du moins toutes les jeunes filles y passant étaient-elles pieuses, et leur pauvre petite descendante leur semblerait une anomalie. Ne le trouvez-vous pas, Léna? »

Celle-ci répondit en souriant :

« J'aime à croire que vous conserverez de Plouarec un souvenir heureux. Les gens et les choses démodés que vous y aurez rencontrés ne vous paraîtront pas si ridicules, que vous ne puissiez y reporter votre pensée avec plaisir.

— Oui, Léna, ce sera ainsi, et Plouarec sera comme une halte dans ma vie. »

Elles s'embrassèrent. Et Léna revit souvent par la pensée la petite Divie, droite et rayonnante, comme elle lui était apparue, dans la chambre austère, ce premier soir de leur réunion.

II

Divie s'éveilla le lendemain avec l'impression de participer à une vie nouvelle. Elle s'approcha de la fenêtre, l'ouvrit et aspira les senteurs venues de la lande.

C'était un vrai paysage breton avec un ciel bas, teinté de gris, la reposant du cadre trop artificiel dans lequel elle était habituée à vivre.

Elle éprouva une sensation d'ardente jeunesse, de liberté, et, jetant sur ses épaules une écharpe blanche, se disposa à rejoindre Léna.

Elle la croisa dans le vestibule.

« Léna, dit-elle avec élan, j'aime votre Bretagne.

— Allan serait ravi s'il vous entendait. Je veux que, pendant votre séjour ici, vous meniez notre vie antique.

— Et par quoi dois-je commencer ? » demanda gaiement la jeune fille.

Elle s'arrêta court : quelqu'un venait de s'interposer entre elles.

« Léna, tu fais à Mlle Leytang une proposition ridicule, » dit une voix brève.

Léna tressaillit, et Divie se tourna vers le nouveau venu.

« Et pourquoi, monsieur de Plouarec? fit-elle avec son brillant sourire.

— Nous ne sommes que des paysans, répondit Allan avec une déférence hautaine.

— Je demande à être mêlée à cette vie de paysans.

— Je ne le permettrai pas. »

Et le refus tomba net, tranchant, dans la politesse glaciale dont il était nuancé. Divie entr'ouvrit les lèvres pour riposter. L'éclair de fierté qui traversa un insant son regard s'adoucit devant la souffrance vraie empreinte sur le visage du jeune homme, et elle concéda d'un ton de bonne humeur :

« Eh bien! monsieur de Plouarec, montrez-moi ce que Mlle Leytang peut connaître. »

Léna passa son bras tremblant sous celui de la jeune fille.

« Divie, supplia-t-elle un peu haletante, pendant qu'Allan les précédait, ne vous formalisez pas de l'accueil de mon frère. Je ne sais quel ennui ou quelle préoccupation il éprouve et vous fait inconsciemment subir. Il est très bon, et si tendre! Divie, je le sais, moi qui partage sa rude existence.

— Oh! rassurez-vous, Léna. Ne comprenez-vous pas qu'il existe entre votre frère et moi un de ces antagonismes contre lesquels rien ne prévaut? » déclara-t-elle avec son rire entraînant.

Léna s'arrêta, un peu interloquée, se demandant quel

était le plus captivant de ce caractère souple et gracieux, ou de cette aisance pleine de délicatesse sauvant toutes les situations.

Comme les jeunes filles entraient dans le parc, pour se diriger vers les écuries, l'aviateur vint à leur rencontre. Il serra la main de Léna et celle d'Allan, qui s'était rapproché.

« Que dit ma petite Divie? questionna-t-il.

— Oh! père, je suis si heureuse d'être ici! Nous allions voir les chevaux, et des écuries doivent être autrement curieuses que des garages.

— Rien ne satisfait l'homme, dit en riant Leytang, et lorsqu'il a atteint les sommets, il se plaît à revenir en arrière.

— Divie, voici les chevaux d'Allan. »

La jeune fille battit des mains devant les trois splendides Norfox. Puis, jetant un coup d'œil sur la remise voisine :

« Qu'est-ce que ceci?

— Mais c'est une calèche.

— Comme ce doit être amusant d'aller là-dedans! dit-elle, se retournant avec espièglerie. Est-ce dans les choses permises? »

Elle était si gentille en disant cela, qu'Allan ne put retenir un sourire.

« Oui, si cela vous agrée. Je pourrai vous conduire cet après-midi visiter les environs de Pont-Aven. »

Au fond, les étonnements de la jeune fille humiliaient Allan, et ce ne fut pas sans une secrète irritation qu'à l'heure

convenue il la vit monter dans la voiture avec mille drôle-
ries. Elle dit à sa cousine :

« Léna, asseyez-vous près de moi. Père ira auprès de votre
frère, et nous nous figurerons être des vieilles dames d'il
y a cent ans. »

Léna souriait. Pourtant elle consultait avec inquiétude le
visage assombri d'Allan, et le rire clair de Divie n'était pas
sans lui causer quelques appréhensions. Elle éprouva un
vrai soulagement lorsque la voiture s'arrêta à une petite distance du parc, dans un lieu abandonné à une végétation
fantaisiste et sauvage.

« Voici la chapelle où nous avons recueilli tous les objets
de l'ancienne église, fermée depuis longtemps, fit Léna,
mettant pied à terre. Nous y venons souvent, Allan et moi.

— Je serais très heureuse d'y pénétrer, répondit Divie, en
ayant très peu visité où l'on célébrait autrefois le culte catholique. »

Elle suivit sa cousine, et comme celle-ci entrait sous le
porche minuscule, elle trempa les doigts dans le bénitier de
granit et les offrit à la fille de Leytang.

Divie, obéissant au geste de Léna, tendit sa main gantée
et commença à esquisser, en la regardant, le signe que
Léna traçait sur son front; mais elle laissa retomber son
bras avec une tranquille ignorance.

Elle rencontra au même moment les yeux profonds d'Allan;
il les détourna, et alla s'agenouiller dans un banc auprès de
sa sœur.

Leytang, après un regard circulaire, ramené vers le passé, se tint ému, les bras croisés, en face de l'autel. Mais, pour Divie, élevée dans les idées modernes et qu'aucune foi n'éclairait, elle resta hésitante au milieu de l'allée, puis vint s'asseoir près de son père.

Léna se leva aussitôt.

« Voulez-vous faire le tour de la chapelle, Divie? demanda-t-elle.

— Oui, conduisez-moi. »

Elles s'arrêtèrent devant une châsse de verre où était étendu, dans la richesse éteinte de sa tunique de soie, le corps du jeune martyr saint Ponticus. On l'avait représenté mort, ainsi sans doute qu'on l'avait recueilli sur le sable de l'arène, car ses yeux étaient clos, ses lèvres entr'ouvertes dans un soupir de souffrance. Mais la paix surhumaine et glorieuse animait ses traits.

Divie demanda :

« Quel est ce jeune mort?

— C'est un martyr. Il a donné sa vie voilà dix-huit cents ans, en affirmant sa foi.

— Comment a-t-il pu se sacrifier pour une idée, et si jeune?

— Une religion n'est pas une idée, répondit Léna d'une voix ardente et basse. C'est la raison même de notre existence. »

Divie secoua la tête d'un air de doute.

« Voici notre *Santez Anna*, expliqua Léna devant un

autel aux décorations naïves. Les offrandes singulières que vous voyez accumulées sont des témoignagnes de reconnaissance pour des grâces obtenues.

— Quelles grâces ?

— Le plus souvent celle d'avoir échappé à un naufrage. Les marins de Pont-Aven et des environs apportaient à notre Santez Anna, dans l'autre siècle, ces petits navires suspendus à la voûte.

— Cette histoire est aussi jolie que celle du jeune Ponticus, » fit Divie avec une émotion juvénile.

Le reste du petit édifice ne présentait aucune autre particularité curieuse, et l'on remonta en voiture pour gagner le bourg de Pont-Aven. La mer s'étendait tout auprès, derrière des talus aux herbes courtes et salées. Divie s'attarda un instant à courir au bord du sable mouillé ; puis Léna entraîna vers le cimetière catholique, maintenant presque délaissé, la fille de l'aviateur. Celui-ci y était déjà. Il se tenait découvert avec Allan devant les tombes armoriées des Plouarec, et Divie, en se penchant, y lut aussi son propre nom.

« Notre famille est enterrée ici, fit Leytang avec une émotion profonde, et aussi mon père, mon vieux père dont je t'ai souvent parlé. »

Les yeux de Divie se remplirent de larmes ; mais elle ne s'agenouilla pas dans un geste de prière.

« J'aime cette manière touchante de conserver ainsi les siens, dit-elle après un instant de silence, et ce cimetière est si paisible avec ses grands arbres et ses croix de bois ! Je n'avais jamais vu que des cimetières où la crémation seule était admise.

— Mais c'est une horreur! Profaner ainsi ceux que nous avons perdus!

— C'est une coutume seulement, Léna, et elle se pratique journellement... Il y a quelque chose d'écrit sur cette pierre. »

Elle suivit du doigt avec une application enfantine les lettres presque effacées :

POUR Y ATTENDRE LA RÉSURRECTION

« Quelle résurrection, Léna?

— La résurrection éternelle, ma chérie.

— Une seconde vie? Je ne puis le croire. Pourtant votre religion est consolante, et j'aime votre martyr-enfant, la Santez Anna protégeant les marins, et cette espérance attendue par ceux qui s'en vont. »

Comme ils rentraient tous à Plouarec, on remit un télégramme à Leytang.

« Je me vois forcé d'abréger notre séjour ici, ma chère Léna, dit-il. L'ingénieur à qui j'ai confié des travaux d'une exécution délicate en vue de ma prochaine croisière réclame ma présence immédiate.

— Est-il indispensable que Divie vous accompagne? Je vous en prie, mon oncle, laissez-la encore à Plouarec. »

Leytang regarda sa fille.

« Après tout, mon enfant, cette combinaison ne me semble pas impossible. Dans quatre ou cinq jours, je serai ici.

— Oh! rester me fera un plaisir infini, puisque Léna veut bien. Peut-être ne reviendrai-je plus à Plouarec : je voudrais en emporter des impressions et des souvenirs que je ne retrouverai jamais. »

Quelques instants plus tard, Leytang faisait ses adieux à sa fille et serrait les mains de Léna et d'Allan. Puis, s'avançant vers la remise, il amena dehors son léger appareil.

« Je ne puis m'accoutumer à cette manière de voyager, » fit Léna avec une terreur involontaire.

Elle avait décliné avec effroi les propositions de son oncle de l'emmener à son bord, même à une faible altitude. Mais déjà Leytang avait sauté sur son appareil, posé la main sur le volant, et il s'élevait si doucement, que Léna crut à une illusion. Elle fut pleinement convaincue quand, ayant appuyé sur l'accélérateur, elle vit Leytang disparaître au-dessus de leurs prairies.

« J'aurais été vraiment peinée de quitter si vite votre Bretagne, fit Divie, et je ne jouis pas de mon père lorsqu'il est plongé dans ses travaux de construction.

— Nous allons employer la fin de la journée à vous montrer de très vieilles et très curieuses choses, ma chère Divie, dit Léna, qui revenait peu à peu de sa surprise. Je veux parler de ces costumes portés par nos arrière-grand'mères et conservés dans les armoires du château.

— Combien cela m'intéressera !

— En ce cas, venez. »

Les deux jeunes filles montèrent le grand escalier de granit et arrivèrent dans une vaste pièce dénudée.

« C'est la chambre aux souvenirs, et pendant les longues journées d'hiver, conta Léna, j'aime à venir manier toutes ces choses anciennes me reportant à un autre âge. »

Elle commença à étendre au jour les costumes dont elle avait parlé. Dans ses mains ravies, Divie put bientôt manier des robes bizarres, et surtout un invraisemblable chapeau.

« Qu'est ceci ? fit-elle.

— La coiffure d'une élégante. Je crois que ce genre de chapeau se portait un peu avant 1910.

— Un chapeau ! C'est bien un chapeau ! Léna, je voudrais le mettre sur ma tête. »

Elle fit bouffer joliment ses cheveux et, se tournant vers sa cousine :

« C'était ridicule, n'est-ce pas ?

— Je n'en disconviens pas, répondit Léna en riant. Et maintenant regardez ce costume, c'était une sorte de fourreau ayant une certaine analogie avec la robe Empire.

— Les femmes devaient être des horreurs là-dedans !

— La grâce française suppléait à tout ; du moins j'aime à le penser. »

Elles continuèrent pendant un long temps à passer l'inspection de toutes ces vieilleries, et Divie glissait à ses doigts de très riches bagues armoiriées, quand une voiture s'arrêta devant le manoir.

« Voici votre frère qui revient de ses travaux, annonça Divie écartant le rideau.

— Alors descendons. Nous ferons la veillée ensemble. »

Lorsque Allan entra dans la grande salle où il passait avec sa sœur leurs soirées solitaires, elle était animée par le rire de Divie.

Il s'arrêta sur le seuil.

Dans un fauteuil de petites dimensions, la fille de Leytang était assise.

S'il avait pu conserver contre elle quelques préjugés, si elle lui avait paru ridicule dans la vie qu'elle menait, si son aisance de femme riche et intelligente l'avait humilié dans sa rusticité, il aurait été désarmé ce soir-là, en la voyant si menue, si fragile dans sa pose enfantine, parée de sa blouse soyeuse qu'éclairait la guipure du col.

Son pas un peu lourd ébranla le parquet, et Divie se retourna.

« Que pensez-vous des gens assez hardis pour envahir votre domaine, monsieur de Plouarec, et quelle aggravation de jugement subissent-ils, lorsqu'ils ne profitent point des occasions de s'en aller?

— Ceci est une agression, répondit Allan avec un pâle sourire. Plouarec est plus hospitalier que vous voulez bien le croire. »

Une expression malicieuse passa sur les traits de la jeune

fille; mais elle se tut et regarda les doigts diligents de Léna,
qui cousaient une petite robe grossière.

« J'aimerais à vous demander quelque chose ainsi qu'à
Allan, dit Léna en reposant sur ses genoux le vêtement
minuscule. Je voudrais voir supprimer entre vous toute
appellation cérémonieuse; votre parenté vous y autorise.
Pourquoi ne diriez-vous pas simplement : Allan, Divie? »

Une rougeur légère colora le visage de Divie Leytang,
tandis que les yeux du Breton s'attachaient sur sa sœur avec
une angoisse irritée.

« Eh bien? questionna Mlle de Plouarec.

— Ce sera comme vous voudrez, Léna. »

Mais la voix d'Allan ne se fit plus guère entendre, et il
n'adressa pas assez directement la parole à sa cousine pour
être obligé de lui donner son prénom.

Quand le repas fut terminé, quand la soirée toucha à sa
fin, il vint s'incliner devant la fille de Leytang.

Là il hésita.

A moins d'une insolence, il devait obéir à Léna.

« Bonsoir, Divie, fit-il presque bas.

— Bonsoir, Allan, » répondit-elle en souriant.

Mais sans doute avait-elle été secrètement blessée la veille
par la réserve glacée du jeune homme; car, ce soir-là, Divie
ne lui tendit pas la main.

III

Le séjour de Divie touchait à sa fin.

L'aviateur avait annoncé son retour pour le lendemain.

Dans quinze jours il quitterait la France, avec sa fille, pour un long voyage vers les terres polaires.

Son appareil, construit selon ses plans, offrait toutes les garanties de sécurité possibles. Il le prouvait d'ailleurs, en emmenant Divie à son bord.

La jeune fille écoutait en souriant les réflexions anxieuses faites par Léna en traversant la lande, choisie comme but de leur dernière promenade. Allan les accompagnait.

Jusqu'ici il s'était plutôt tenu à l'écart, et sans doute n'avait-il dérogé à ses habitudes qu'en raison du départ de Divie.

Oui, c'était angoissant de penser que cette frêle créature serait sous peu emmenée dans l'espace, qu'elle planerait à plusieurs centaines de mètres sur un aéroplane, admirablement conformé sans doute, mais qui présentait, malgré tout, des dangers multiples. Sait-on jamais dans quelle affreuse agonie ses yeux se fermeraient, ses yeux charmants qui s'étaient emplis des tristesses prenantes de la Bretagne, du frais éclat des haies au long des chemins creux, et qui s'étaient si souvent attachés sur Léna dans leur caressante douceur?

« Quel sera votre itinéraire? demanda Allan après un long silence.

— Nous partirons de Rétheux, auprès de Reims, où mon père fait construire son monoplan. Nous passerons au-dessus de Bergen, près de Christiania. Et après, ajouta Divie avec un regard de rayonnante audace, après ce sera l'inconnu, du moins relatif : le pôle ne livre-t-il pas un à un tous ses secrets?

— C'est presque de la folie, cette traversée aérienne, dit Léna haletante. Divie, comment pouvez-vous consentir à mener cette vie périlleuse?

— Je n'ai que mon père au monde. S'il... s'il ne revenait pas d'un de ces voyages, — et la voix de Divie fléchit, — il me semble que je ne pourrais plus vivre. Vous ne savez pas ce que sont ces attentes! Puis j'ai du sang d'aviateur dans les veines : j'aime les espaces illimités, les nuits solennelles!... »

Elle se tut, et ils firent quelques pas dans les bruyères.

« Quelles sont vos occupations pendant ces longues journées? demanda Léna, pour rompre le charme oppressant jeté par les paroles de Divie.

— Il faudra vous décider à visiter le monoplan de mon père. Peut-être vous imaginez-vous que l'on est obligé de se tenir sagement immobile sur une étroite sellette, comme aux premiers temps de l'aviation.

— Non, répondit en riant Mlle de Plouarec. Je sais le pas immense franchi par la science.

— Et notre moteur est assez puissant et résistant pour enlever un poids bien supérieur à celui strictement prescrit dans les débuts. J'ai à bord une cabine exiguë, dont pas un millimètre n'est perdu. Le pont sert pour la manœuvre. Mes fonctions principales sont de remplacer notre fidèle Joël, qui est un vieux loup aérien, dans notre petit ménage, lorsqu'il est occupé au gouvernail. J'ai fait toutes mes études avec mon père, pendant nos traversées, et je l'aide lui-même. Et puis cette vie est si différente de celle menée à terre ! L'ennui devient, dans ces hauteurs si pures, une sorte de rêverie.

— Vous comptez combien de temps pour la durée de ce voyage ? questionna Allan.

— Il y a environ quatre cents lieues de Rétheux à Christiania ; mais ensuite les calculs sont assez difficiles, et, d'après les plus précis qu'ait faits mon père, nous ne serons de retour qu'en août. Nous ne voyageons pas comme long-courrier, mais en qualité d'explorateurs.

— Et après, dit Léna avec élan, vous reviendrez à Plouarec ? Ces liens renoués ne peuvent être brisés si tôt.

— Vous prierez pour cela la..., comment dites-vous ?... la Santez Anna, qui guide les marins vers le port. Oui, Léna, je reviendrai. »

Ils s'assirent un instant sur un roc, à l'abri du vent; mais Divie se releva bientôt et voulut cueillir elle-même un dernier bouquet de bruyères.

Allan et Léna voyaient sa silhouette s'enlever, petite et gracieuse.

Allan et Léna voyaient sa silhouette s'enlever, petite et gracieuse, parmi la verdure courte et rude.

Léna dit soudain :

« Divie m'est devenue très chère; j'éprouverai une véritable souffrance à la voir partir. Cependant notre existence est peu faite pour une pareille créature. »

3

Allan ne répondit rien. Ses yeux restèrent fixés sur la ligne grise de la mer.

« Elle est très aimante, continua Léna. Je souhaite la voir heureuse. Elle épousera probablement un aviateur comme son père.

— Cela cadrerait avec ses goûts, » répondit Allan d'un ton calme.

Il se leva à son tour, et Léna resta seule assise sur la pierre.

Comme il s'approchait du rivage, il entendit la voix claire de Divie qui revenait, tenant un bouquet gigantesque, porté avec une enfantine gaucherie.

« Je vais vous demander de me donner l'explication des paroles d'une vieille chevrière, prononcées dans un incompréhensible jargon. Et d'abord, Allan, qu'a-t-elle voulu dire, en m'assurant être votre accordée? »

Elle vit le visage d'Allan pâlir ; mais il fallait répondre.

« Une accordée est une fiancée, dit-il brièvement. Mais débarrassez-vous de ces plantes encombrantes. »

Un geste presque impérieux lui enleva les tendres fleurs, et elle marcha près d'Allan sans rien dire.

« Il faut me pardonner ma question de toute à l'heure, Allan, dit-elle avec une simplicité absolue. Je n'ai d'excuse que celle d'ignorer les termes de votre pays.

— J'ai, moi, un autre pardon à solliciter et qui ne peut, lui, invoquer d'excuses, répondit-il de son accent rude. Je me suis montré envers vous agressif et peu accueillant. Ce qui est impardonnable chez le gentilhomme, le sera-t-il davantage chez le sauvage que je suis?

— Serait-il plus magnanime de traiter avec le gentilhomme et le sauvage tout ensemble? En ce cas, Allan, ne nous souvenons plus de nos torts réciproques. »

Elle lui tendit la main, et il la serra avec une émotion grave.

Cette soirée ressembla à toutes celles passées par Divie à Plouarec. Ce fut la dernière nuit où elle entendit le vent mélancolique rôder autour du manoir, et elle eut un peu de tristesse, lorsqu'elle s'endormit sur l'oreiller de fine toile parfumé par Léna avec les fleurs de la lande.

<hr>

IV

Leytang arriva dès le lendemain matin. Et, avec lui, Divie se sentit tout de suite reprise par la vie moderne. Elle écouta avec enthousiasme les descriptions techniques faites par son père de son monoplan, et ils discutèrent avec une véritable passion sur une question de mécanique, qui eût fait bâiller une jeune fille d'autrefois. Pourtant elle n'était point pédante. Son intelligence très vive s'était développée dans le milieu qui était le sien. Et à Paris, où elle passait le tiers de l'année, Divie fréquentait un monde qui accroissait ses qualités brillantes.

Pour la dernière fois, ils prirent leur repas dans la salle armoriée, qui avait été, dans les siècles passés, la salle des gardes. Léna était triste. Devant ce visage de femme s'attendrissant sur elle, Divie sentit tomber son excitation fiévreuse et fut tout au regret de quitter ce cœur aimant.

« Ma chère petite, fit Leytang, nous partons à 14 heures. Si tu as des préparatifs à faire, Léna voudra bien t'excuser. »

Divie se leva aussitôt.

« Je ne serai qu'un instant et irai vous retrouver dans le jardin. »

Elle disparut, et le repas s'acheva en silence.

Lorsqu'elle les rejoignit vingt minutes plus tard, elle avait revêtu un costume de voyage en souple drap bleu, et avec son voile blanc enroulé autour du béret, sa jupe courte, elle avait un air d'extrême jeunesse.

Elle s'avança dans le vieux jardin plein de dignité, et fit quelques tours le long des massifs, au bras de Léna.

« Je voudrais, dit soudain celle-ci d'une voix oppressée, lorsque vous serez à des centaines de lieues de nous, lancée dans l'espace comme un pauvre petit oiseau; je voudrais vous voir penser à notre vieille maison, j'aimerais que vous la revoyiez comme vous l'aimiez le soir, au retour de nos promenades, quand la lampe reluisait aux vitres, et que, si vous éprouviez de la peine, Plouarec vous fût comme un refuge. »

« Léna; répondit-elle avec émotion, vous êtes la seule femme m'ayant jamais parlé comme vous venez de le faire. »

Les lèvres de Divie tremblèrent.

« Léna, répondit-elle avec émotion, vous êtes la seule femme m'ayant jamais parlé comme vous venez de le faire.

Je n'ai pas connu ma mère, et j'ai été privée de toute affection féminine; mais vous, vous avez été pour moi, ce soir, ce qu'eût été ma mère, si j'avais dû me séparer d'elle. »

Elle appuya sa tête sur l'épaule de Léna, et elles continuèrent leur promenade sans mot dire.

Le temps s'écoulait. Vint l'instant où Leytang regarda l'heure. Et cette même pelouse, où Léna avait vu Divie atterrir, la vit prête à disparaître.

« Adieu! adieu, Léna! » dit la petite aviatrice avec effusion.

Elle se tourna aussitôt vers Plouarec :

« A vous aussi, adieu, Allan! »

Elle avait déjà pris place auprès de son père, et ils commencèrent à monter dans ce ciel de printemps.

L'exotique petite Divie avait ainsi passé dans leur existence. Sans doute ils ne la reverraient pas.

Elle ne se mêlerait plus à leurs coutumes anciennes; elle allait vers d'autres rives, vers d'autres cieux. Peut-être n'en reviendrait-elle jamais!

V

La nuit tombait lorsque Leytang et sa fille firent halte au quai d'atterrissage des aériens. Un brouaha de voix, d'interpellations, presque toutes échangées en espéranto; la chaussée éclairée selon une découverte datant de 1975; le temps de monter dans le coupé automobile glissant silencieusement à travers les rues animées, et Divie se retrouvait mêlée à la vie parisienne, avec la sensation de sortir d'un rêve profond et recueilli.

Lorsqu'ils ne faisaient à Paris qu'un court séjour, Divie et son père ne descendaient pas dans leur appartement, situé avenue d'Eylau, aménagé avec tous le sens pratique du temps. Pour simplifier, ils occupaient des chambres à l'hôtel.

Pendant les deux semaines qui suivirent, elle courut les magasins, choisit à l'antique Louvre des vêtements sportifs d'un volume aussi réduit que possible, fréquenta le monde des aviateurs, et, un soir, elle se trouva dans sa luxueuse chambre d'hôtel, à la veille de cette traversée glorieuse que son père allait entreprendre.

Elle se sentait étrangement calme. Elle savait qu'elle pouvait ne pas en revenir, mais croyait d'une façon bien plus certaine au succès. Puis elle aimait cette vie aérienne, dépeinte à Léna en termes chaleureux.

Léna! Que faisait-elle à cette heure? Quelle dissemblance entres elles deux!

Les joies simples de la jeune Bretonne pourraient-elles jamais lui suffire? Ces journées pluvieuses d'hiver, passées auprès d'une pile de linge reprisée laborieusement; ces tombées du soir dans la vieille salle; ces promenades autour des buis démodés, rempliraient-elles sa vie comme celle de Léna?

Divie ne peut s'empêcher de rire, et, s'asseyant devant sa légère machine à écrire, fit part aux Plouarec de son départ imminent.

Comme elle achevait de poser ses doigts sur le clavier métallique, son père s'annonça.

« Je te dérange, Divie?

— Nullement. J'écrivais à Pont-Aven. »

Il se laissa tomber dans un fauteuil.

« Divie, dit-il, je voudrais te parler ce soir. »

Il se recueillit, comtempla un instant la silhouette charmante de sa fille. L'affection paternelle était chez cet homme le seul côté tendre, et, sachant emmener Divie à son bord, il avait veillé à tout, pesé les différente pièces de sa machine, refait tous ses calculs de surface, vérifié son équilibre, guidé dans cet ardu travail moins par amour de la science que pour la sécurité de son enfant.

Oui, constamment au milieu de ses chiffres, il avait eu

sous les yeux son fin visage. Le rayonnement de ses prunelles l'éclairait lui-même, lorsqu'il s'entretenait avec elle de ses travaux abstraits, comme s'ils se fussent parlé d'homme à homme.

« C'est à propos de ce voyage, mon enfant, reprit-il. Je suis sûr de mon œuvre; c'est le problème de ma vie que j'ai résolu. Toutes mes recherches, tous mes calculs ont été faits en vue de cet appareil définitivement construit, et qui nous attend demain à Rétheux. Divie, fit-il avec angoisse, si j'allais me tromper? si j'allais exposer ta jeune vie? Je voulais te dire que peut-être valait-il mieux rester, et que, si je ne reviens pas, tu pourrais te consoler d'un chagrin violent et être heureuse encore. »

La jeune fille fixa son père avec un mélange de tendresse et de souffrance.

« Papa! » dit-elle.

Elle n'employait jamais cette appellation enfantine, reléguée avec les poupées, les robes courtes et les mille puérilités du jeune âge; mais elle la retrouva dans une protestation de douleur.

Et, lui prenant les mains avec une ferveur passionnée, elle les porta religieusement à ses lèvres :

« J'ai confiance en votre œuvre, papa, dit-elle avec force. C'est pour cela que demain je vous confierai ma jeunesse, ma joie de vivre, tout enfin. »

Et, vaincue par l'émotion, elle s'abattit à genoux près de lui.

« Ma fille, ma précieuse petite fille ! » dit-il, baisant sa tête brune.

. . . .

Ce lendemain d'avril se leva, piquant et léger. Divie s'éveilla de bonne heure, pensa que c'était le dernier jour passé en terre française.

Elle revêtit son costume d'aviatrice : une robe de couleur suède, plus chaude que ne le comportait la saison ; fixa solidement sa petite casquette et, jetant un plead sur son bras, sortit de sa chambre.

« Bonjour, père, » dit-elle gaiement.

Leytang, qui faisait les cent pas sur la moquette du corridor, se retourna.

« Bonjour, mon enfant, » répondit-il.

Il était plus grave que de coutume. Son front pâle avait une sorte de majesté auguste, un peu comme celle du prêtre lorsqu'il monte à l'autel.

« Nous prenons le train électrique, Divie. Nous serons à Rétheux à 8 heures. »

Lorsqu'ils arrivèrent sur le quai de la gare, une centaine de voyageurs attendaient, pour se rendre à cette destination.

Sans doute le départ d'un aéroplane n'était pas chose nouvelle, et les simples mortels ne levaient même plus la tête lorsqu'un de ces grands oiseaux blancs passait en sifflant au-dessus d'eux. Mais une expédition pour le pôle obtenait toujours du succès, bien que ce ne fût pas non plus une innovation. L'aviateur marcha vers un compartiment réservé, l'ouvrit pendant qu'on chuchotait autour de lui :

« C'est Leytang, vous savez; il arrive du Levant et repart pour le pôle avec sa fille. C'est lui-même qui doit monter le monoplan *l'Arctique.* »

Le train s'ébranla, courut avec une vitesse vertigineuse à travers le faubourg parisien et entra bientôt dans les plaines crayeuses de la Champagne.

A Rétheux, Leytang et Divie descendirent. Une automobile les attendait qui, en cinq minutes, les conduisit à l'aérodrome.

Souple, élégant, les deux ailes palpitant au vent, un monoplan reposait sur le sol.

Leytang s'approcha, palpa avec orgueil les ailes frémissantes et, se tournant vers Divie :

« Dans trois quarts d'heure nous partirons. Si tu veux faire le tour de l'aérodrome? »

La jeune fille s'éloigna, arpenta la piste. Ces champs maigres lui rappelèrent la campagne bretonne. Avec émotion elle s'accouda sur la clôture, et rêva. Mais bientôt un appel strident la fit tressaillir. Elle se retourna, vit le pavillon français hissé à l'avant de l'aéroplane. Traversant la piste, elle gagna l'enceinte réservée.

Une foule compacte entourait *l'Arctique,* mais les traits de Divie avaient été trop reproduits dans les journaux pour qu'elle pût passer inaperçue, et l'on s'écarta sur son passage avec un murmure de sympathie.

Elle était vraiment charmante, debout sur le pont, avec son intrépidité tranquille et touchante.

Il y eut un second appel déchirant : la passerelle fut hermétiquement close; puis Leytang s'avança, et, au milieu d'un profond silence, posa la main sur le volant.

Encore un troisième et dernier appel. L'aviateur se découvrit; tout l'appareil frémit et, majestueusement, l'*Arctique* commença à s'élever. Des vivats l'acclamèrent. Il fit un vol rapide, puis comme une flèche piqua vers le ciel. Dix minutes plus tard, il n'était guère qu'une faible blancheur.

Lorsque les journaux du soir arrivèrent à Pont-Aven, Léna eut peine à retenir ses larmes.

« Allan, dit-elle, Divie est partie. L'*Arctique* a appareillé ce matin. Est-il possible de l'avoir vue si rayonnante ici, et qu'elle soit maintenant une pauvre petite chose dans l'espace! »

Allan, sans répondre, prit les journaux. Il lut d'abord le chapitre de l'aviation, puis, sans relever la tête, passa aux autres articles.

Léna eut une déception pénible à ne pas l'entendre prononcer le nom de Divie, et elle continua à s'entretenir seule avec la petite ombre gracieuse venue un jour s'asseoir à leur foyer.

VI

C'était une traversée de rêve, que celle entreprise par Leytang.

Mais sans doute avait-il subi un contact trop réel, trop brutal avec la vie, pour en jouir pleinement comme sa fille. D'ailleurs, il était à l'âge où les impressions s'émoussent, où les enthousiasmes s'éteignent, et il fallait toute la radieuse jeunesse de Divie pour vibrer au contact de cette belle nature, comme elle le faisait en ce moment.

Accoudée sur le bastingage, elle regardait fuir la terre. La sensation était d'une infinie douceur, comparable à un léger glissement, et cette course vivifiante dans la pureté merveilleuse de ce matin d'avril était bien faite pour enchanter une imagination de dix-sept ans.

Divie se redressa, aspira l'air si fluide qu'il produisait comme une ivresse délicieuse, et regarda avec compassion les villes se succédant au-dessous de l'aéroplane : Laon, Vervins, Guise. Il pouvait être 15 heures, lorsqu'il passa sur Valenciennes. Le soleil donnait alors tout son éclat, moins chaud que lumineux, mais jetant un relief pittoresque sur la ville manufacturière construite en briques, d'un rose terni.

A 17 heures, Divie servit le thé. Elle dressa sur le pont, à cause de la beauté exceptionnelle de l'atmosphère, une table minuscule, disposa le samowar et invita son père.

Leytang semblait heureux. L'appareil était incomparablement construit, le moteur d'un fonctionnement idéal.

Ensuite la nuit vint. Le vent s'éleva, chanta dans les grands arbres dont on se rapprochait à mesure qu'on gagnait Ostende. Les fanaux furent allumés, et l'aéroplane courut comme un monstre gigantesque au-dessus des campagnes.

Il n'était pas le seul à peupler cette nuit printanière : les aériens faisant le service entre Paris et Valenciennes, avec prolongement sur Anvers et Amsterdam, les saluèrent au passage.

Divie continua longtemps sa veille, ce soir-là, pendant cette course sous le ciel lumineux.

Elle s'endormit enfin, sur son étroite couchette. Dans l'atmosphère pure, l'aéroplane filait avec une allure de rêve, et ce fut au matin, lorsqu'ayant fait toute la nuit la traversée de la mer du Nord l'*Arctique* approcha de Norvège, que la jeune fille fut réveillée par l'aube glacée.

Elle se leva, courut à son hublot. Des forêts de pins sombres se mouvaient dans le vent de ces âpres contrées. Des villages pittoresques, semblables à des jouets de Nuremberg, s'étageaient dans les plaines et aux flancs des coteaux.

Divie se vêtit à la hâte et sortit sur le pont.

Son père l'y avait devancée. En entendant la porte de la cabine de sa fille glisser dans ses rainures, il se retourna et salua d'un sourire le charmant visage s'y encadrant.

« Déjà éveillée?

— Le paysage est trop beau pour n'en pas jouir. A quelle altitude sommes-nous, père?

— Six cents mètres.

— Serait-il possible de descendre un peu pour mieux distinguer les contours?

— Je n'y vois pas d'inconvénients. Tu peux avertir Joël. »

Divie franchit la distance la séparant du pilote.

« Joël! » appela-t-elle d'une voix claire et haute; car dans ces régions la densité de l'air subit une telle diminution, que le son s'y transporte avec difficulté.

Un vieillard, aux traits rudes et heurtés, tourna vers elle la flamme aiguë de son regard, où passa une douceur à la vue de l'enfant.

« Approche de la terre, Joël, » commanda-t-elle de son joli ton intrépide.

Il inclina la tête en signe d'acquiescement, et donna deux ou trois tours au volant d'acier. L'aérien se mit à descendre; les objets grossirent à mesure, comme placés au-dessous d'un verre puissant.

Et Christiania apparut. On put voir le mouvement de son port, la ligne tournante de ses rues. Puis tout cela passa aussi. Ce fut ensuite l'uniforme monotonie des montagnes et des pins. Lassée du spectacle, Divie regagna sa cabine.

Elle commença dès ce jour la vie aimée et remplie avec intelligence. Mais, chose jamais faite jusqu'ici, elle entreprit d'écrire un journal à l'intention de Léna.

Depuis que cette affection de femme était entrée dans sa vie, elle en sentait l'appui réconfortant et le charme délicat. De la petite imagination positive de Divie, il ne pouvait sortir de naïves et fraîches rêveries de pensionnaires, telles qu'en auraient écrites les jeunes filles d'autrefois; c'était plutôt des notes d'un précis un peu étrange et fantastique.

« *Ce 20 mai* 2000. — Approchons du cap Nord et voisinons les frontières de la Laponie. Rien que des toundras. La température commence à être pénible, mais supportable. Je pense à vous, Léna, et à votre Bretagne que j'aime!

« *22 mai.* — Passerons cette nuit au-dessus de la terre François-Joseph. Après nous toucherons au pôle.

« Quelle vie singulière, Léna! Depuis mon passage parmi vous, il y a un vide dans mon cœur. Il me semble qu'autrefois j'aurais mieux joui de ce voyage aux sensations uniques.

« On se sent petit, dans ces régions pleines d'une sauvagerie solennelle. Pourquoi?...

« *28 mai.* — C'est fait. Nous sommes les habitants des régions polaires. Depuis quelques heures, nous avons rompu avec les terres vivantes.

On n'entend plus que les ailes de notre monoplan battant régulièrement l'air, et par instants les icebergs descendant vers l'océan Glacial avec un bruit effrayant.

« Qu'importent tous ces bouleversements et ces infranchissables barrières pour l'être humain! Léna, nous sommes au-dessus de cela. Je sens en moi un orgueil immense devant notre puissance.

« Je vous ai dit, l'autre jour, que nous étions petits? Non, nous sommes grands, puisque les éléments sont sans effet contre nous. Vous m'avez dit que l'homme était ignorant et faible, que sa science et sa force ne lui appartenaient pas. Si, il est maître et dominateur.

« *3 juin.* — Léna, vous aviez raison, notre puissance n'est rien. Depuis hier nous courons les plus grands dangers. Un simple accident à notre moteur, et que rien ne pouvait faire prévoir, nous met en péril. Peut-être pourrons-nous gagner les terres arctiques, peut-être. Mais la belle saison y dure peu; l'hiver terrible nous y surprendra, en même temps la mort effrayante et solitaire.

« *3 juin, 15 heures.* — C'est fini. Père est venu tantôt dans ma cabine. Il me regardait en silence de ses yeux agrandis par le désespoir.

« — Divie, a-t-il dit enfin, nous traversons une heure tragique où je doute de la science, de moi, de tout. Ma bien-aimée, rien ne peut plus nous sauver : il faut être courageux jusqu'au dernier instant. Pour moi, la mort n'est rien; l'échec lamentable ne peut plus m'atteindre. Mais ce qui

4

m'est une agonie épouvantable, c'est de t'avoir sacrifiée, toi, Divie; toi, ma fille,... ma chère fille. »

« Il était presque à genoux devant moi. La douleur humiliée de celui qui a connu les plus enivrantes gloires m'a été une si cruelle torture, que la mort qui va suivre ne sera pas beaucoup plus poignante. Avant d'être séparés pour toujours, je lui ai demandé de me bénir, Léna : j'éprouvais comme le besoin d'ennoblir ces dernières heures me restant à vivre.

« Il a paru surpris, puis violemment ému. Ses deux mains tremblantes se sont un peu élevées au-dessus de ma tête.

« — Divie, au nom de ta mère, je te bénis!...

« *3 juin, 16 heures.* — Léna, tout est fini. Nous descendons vers la mer mouvante s'étendant autour de nous à perte de vue.

« Nous luttons encore, dans un effort suprême.

« Ce n'est pas tant la mort qui m'effraye que ce vide immense où je vais m'abîmer pour toujours. Il y a quelque chose en moi qui veut me survivre!... Je ne verrai pas ma dix-huitième année. Vous m'avez dit autrefois : « Tout ne « finit pas à la tombe. » Je voudrais y croire, et je n'ai personne pour me dire...

« Je ne vous reverrai plus, ni Allan, ni la Bretagne... Adieu pour jamais, Léna! Oh! Léna! »

Et brusquement le journal de Divie se termina là.

Dans la brume glaciale, l'*Arctique* descendait toujours.

Divie se tenait un peu à l'arrière du pont, attendant la fin de la lutte, qui ne pouvait tarder.

Leytang, calme, d'un calme surhumain, restait debout à

Pour sauver l'enfant, il se jeta dans l'abîme.

la proue de l'aérien, penché sur le moteur dont on entendait, dans ce grand silence, la petite vibration haletante et continue. De temps à autre il donnait un ordre bref.

« Jetez les pièces de rechange! »

Dans l'abîme tournoyait pendant quelques secondes ce qui avait coûté à l'aviateur de longues et laborieuses veilles. L'appareil, qui ne pouvait plus fournir qu'une force motrice très amoindrie, restait à la même altitude durant de trop courts instants.

« Jetez les caisses de provisions! gardez l'essentiel! »

Puis, avec une angoisse sans cesse grandissante et qu'il réprimait stoïquement, Leytang avait crié :

« Les caisses à eau, maintenant! »

Mais quand il se tourna une quatrième fois, comme un glas, ces mots tombèrent :

« Il n'y a plus rien! »

L'aviateur eut un geste de désespoir. Là-bas, dans le lointain, les terres arctiques apparaissaient comme un salut temporaire. Encore dix minutes, on pouvait les gagner sous la direction géniale de Leytang. Seulement on ne les atteindrait pas.

Il jeta vers sa fille un regard plein de tendresse ardente, puis le reporta dans le vide.

Elle, pâlie, mais ferme, s'appuyait contre le roufle léger.

Elle tressaillit à l'appel de son nom.

« Joël, c'est toi? »

Il se découvrit.

« Mademoiselle Divie, vous voyez bien que ça finit. Je voulais vous dire que si jamais vous surviviez au vieux

Joël, faudrait vous souvenir que vous avez été la joie de sa vie, son enfant bénie.

— Nous partirons ensemble, mon Joël, fit-elle avec douceur.

— Sait-on jamais? »

Il avait élevé, dans un geste solennel, les frêles doigts blancs jusqu'à ses vieilles lèvres.

Elle le vit qui reculait de quelques pas, portait sa main ridée à son front en un signe qu'elle avait vu faire à la croyante Léna.

Et, pour sauver l'enfant, il se jeta dans l'abîme.

Divie eut un cri déchirant.

Sans doute l'entendit-il dans cette minute finale, comme payement de son sacrifice, le vieux Joël, qui s'était dit que, s'il disparaissait, Divie vivrait peut-être,... peut-être.

Maintenant la cloche d'alarme sonnait sans relâche.

Hélas! cette terre incertaine, l'atteindraient-ils jamais?

Ils appelèrent dans une détresse sans nom; mais rien ne pouvait leur répondre, et ils demeurèrent seuls dans l'immensité.

VII

Quand l'automne commença, un automne breton, mêlé de gravité et de douceur, Léna se mit à espérer avec une joie anxieuse le retour de Divie.

On n'avait pas eu de nouvelles de l'intrépide Leytang. Quoi d'étonnant? aucune communication n'existait entre les régions du pôle et les terres scandinaves les plus proches. Encore celles-ci étaient-elles habitées par des tribus d'Esquimaux ne s'associant guère à la vie civilisée.

Elle ne comptait pas que Divie écrirait aussitôt, sans doute; mais les journaux les tiendraient au courant de l'arrivée de l'*Arctique.*

Pourtant octobre s'acheva sans qu'aucun renseignement parvînt même de ce côté.

Puis un matin, comme trois lignes de feu, elle lut :

« On est sans nouvelles du monoplan l'*Arctique*, monté par l'aviateur Leytang, à destination du pôle. On éprouve à son sujet les plus vives angoisses. »

Elle eut la certitude que, dès ce moment, l'horrible catastrophe était consommée, et elle appela :

« Allan!... Allan! »

Elle tenait l'*Officiel* à la main. Il vit son visage bouleversé.

« Allan, je crois que Divie ne reviendra plus jamais ! » dit-elle.

Il devint pâle. Si insensible qu'il eût paru au charme de sa cousine, cette mort, dont on ne connaîtrait jamais le mystère et l'épouvante, la jeunesse touchante de la petite disparue qui s'en était allée dans la grande nuit sans d'immortelles espérances, lui remuèrent sans doute le cœur; car il s'appuya en tremblant au chambranle de la porte.

« Et c'est fini? questionna-t-il.

— Non. Toute espérance n'est pas encore anéantie; mais ce retard n'en laisse guère. »

Elle le regardait de ses yeux fixes, où les larmes ne pouvaient monter. Alors il dit très bas :

« Il n'aurait pas fallu qu'elle partît.

— Non, non! Pourquoi est-elle partie? Nous l'aurions gardée dans notre vieille demeure. Tu te souviens, Allan, qu'elle a dit qu'elle la regretterait.

— Elle a ajouté ne pouvoir y vivre. Elle était si différente de nous! répliqua Allan.

— Si différente, oh! sans doute; mais elle nous aurait ressemblé plus tard, quand elle eût partagé nos croyances, notre foi, qu'elle n'a jamais connues et qu'elle aurait aimées. »

Il se tut, et elle continua :

« Te rappelles-tu la visite au petit cimetière? Non, tu ne peux pas te souvenir comme moi de ces choses. Elle disait,... elle disait qu'il était consolant de croire qu'après la mort le corps se repose. »

Et Léna, vaincue par ces souvenirs, pleura.

Elle avait dit que Divie était perdue sans retour; mais elle l'attendait encore. Elle n'osait avouer à son frère ses craintes ou ses illusions, sachant qu'autrefois il n'en entendait parler qu'avec impatience. Pourtant, depuis les inquiétudes si vives conçues au sujet des aviateurs, il s'était comme attendri à son égard.

C'était un deuil tragique que le deuil suspendu sur le manoir, un deuil ne ressemblant point à ceux qu'il avait vus jusque-là, quand ses habitants ou ceux de leur lignée s'en allaient en paix dans le même enclos.

Pour la petite Divie, il n'y avait eu ni réconfort, ni main amie à lui fermer les yeux, pas même une tombe. Elle dormirait au hasard, on ne sait où, dans les terres de glaces, près du malheureux Leytang, suivi jusque dans la mort.

Les jours passèrent. Et ce fut un soir clair de novembre que Léna, dans leur grande salle solitaire, apprit que l'*Arctique* devait être considéré comme perdu.

Lorsque Allan rentra, à son heure habituelle, dans leurs journées toutes semblables, et qu'il trouva Léna pleurant silencieusement près du feu, ainsi qu'autrefois ses ancêtres lorsqu'on invoquait ceux qui étaient partis pour toujours, Allan se découvrit. Il avait compris. Il s'en alla vers la fenêtre, les yeux égarés dans les prairies blanches de lune, droit, rigide, les bras croisés.

« Allan, pourquoi ne parles-tu pas? Elle a été dans ma vie la chère petite flamme joyeuse, et je ne l'ai plus! »

Alors il se détourna, et elle demeura muette devant ce visage vieilli.

« Léna, dit-il soudain d'une voix basse et altérée, puisqu'elle ne reviendra plus, puisque je l'ai perdue à jamais, je puis bien te le dire, Léna. je l'aimais! Je m'étais promis que je la détesterais, continua-t-il; seulement elle avait l'air si jeune et si doux! je n'ai pas pu. Je l'ai aimée pour la droiture de ses pensées, pour l'appel de toute sa belle âme se tendant vers le vrai, qu'elle ne connaissait pas. »

Il n'avait ni larmes ni abattement; mais quand Léna alla vers lui avec toute sa pitié de femme, quand elle posa sa tête sur l'épaule de son pauvre Allan, elle sentit bien son impuissance à jamais consoler ce cœur silencieux qui s'était donné pour la vie.

<hr>

VIII

La vie reprit comme autrefois, lorsque la petite Divie n'était pas entrée dans la vie des Plouarec.

Mais le cœur aimant de Léna avait tout de suite épousé le cher rêve mort, celui de voir Divie devenir sa sœur, et ce rêve, elle l'emmenait dans les après-midi de brume au travers des champs; elle le reprenait, le soir, aux flâneries du foyer. Le nom de l'enfant, ce petit nom doux et étrange, n'était prononcé ni par Allan ni par elle; mais elle était entre eux.

Ils se rappelaient son sourire velouté d'espièglerie, l'intrépidité tranquille avec laquelle elle disait :

« Nous embarquerons le tant..., où nous passerons au-dessus de la Norvège, nous comptons gagner le pôle à telle date. »

Puis, immédiatement après, le rire léger dont elle gratifiait une drôlerie dite devant elle.

Et Léna s'attendrissait à ces souvenirs. Elle pensait qu'ils vieilliraient ainsi, Allan et elle, et la mémoire de la petite Divie resterait au milieu d'eux dans son charme jeune et brillant, à moins que...

Malgré elle, ses lèvres dirent :

« Si elle revenait? »

Elle ne reviendrait pas!

Allan tressaillit et reprit un calcul où il alignait les rendements de Plouarec.

« Écoute, Allan, reprit-elle avec une sorte de fébrilité. Si elle nous était rendue, j'irais la demander pour ta fiancée. »

Il ne releva pas les yeux.

« Je te demande pardon de te parler ainsi, fit-elle en se levant et en posant maternellement sa main sur le front du jeune homme; mais j'ai des moments d'espoir, où je me dis que nous ne savons rien au juste, qu'ils ont pu hiverner là-bas... Sait-on jamais?

— Tu oublies qu'un hiver dans ces contrées la tuerait.

— Elle est jeune et robuste.

— Que sont ces avantages sous ce climat mortel? »

Puis ils sentirent le néant de ces hypothèses. Divie ne pouvait plus souffrir ni du froid ni de la faim; rien de ce qui touche à notre misérable vie ne saurait désormais l'atteindre.

L'année nouvelle commença. Léna s'attarda ce jour-là à prier devant la Santez Anna pour la petite naufragée. Elle promit que, si elle revenait, elle l'amènerait devant cet autel. Et à la pensée de cet être fragile et gracieux, s'agenouillant comme autrefois les vieux pêcheurs de la côte échappés au péril, Léna sourit.

Quand le printemps revint, les Plouarec apprirent avec joie qu'une expédition avait été organisée en vue de retrouver l'infortuné Leytang. Tous les cœurs français s'émurent. Sans doute ils avaient été nombreux, ceux qui étaient partis pour cette terre du mystère et n'étaient point revenus. Ils avaient inspiré une pitié passagère, quoique réelle. Leur mort était ordinairement la conséquence de leur téméraire et mâle courage.

Là les circonstances étaient tout autres, et ce n'était point sur Leytang qu'on s'attendrissait, mais sur la jeune et charmante fille emmenée à son bord. La France prêta à cette occasion un de ses grands aériens nationaux.

Il partit un matin d'avril, évolua un instant au-dessus de Paris, puis s'élança vers le nord.

Alors ce furent des semaines d'angoisse. On apprit qu'il

avait passé par Christiania, suivant la même route que Leytang environ un an auparavant. On eut encore de ses nouvelles lorsqu'il traversa la terre François-Joseph; puis ce fut le silence, ce même silence qui avait enveloppé l'aviateur.

La durée probable de l'expédition avait été calculée. L'aérien devait être de retour fin juin; mais il lui était possible de communiquer par la télégraphie sans fil avec le ministère, dès le milieu de ce mois.

A cette date, toutes les recherches possibles seraient terminées.

« Allan, dit un matin Léna en abordant son frère, il faut que tu partes pour Paris. Le ministère va être informé si Leytang est, oui ou non, retrouvé. Je ne puis rester plus longtemps dans cette incertitude poignante. »

Il la regarda. Elle portait, en effet, sur son fin visage de blonde, l'empreinte de soucis cuisants.

« Oui, sœur, répondit-il. Il vaut mieux être fixé pour toi comme pour moi.

— Tu partiras ce soir, veux-tu? continua la jeune fille. Et puisses-tu... »

Elle n'acheva pas, oppressée de cette résolution toute proche qui allait mettre fin à l'effrayant mystère et parce que ses lèvres tremblantes refusaient de la servir.

Allan avait quitté Pont-Aven. Maintenant il traînait dans Paris de son allure lente et démodée de Breton, qui faisait se retourner les passants.

Il avait fait une demande au ministère pour être informé

de première main, faisant valoir son titre de parent de l'aviateur.

Léna et lui, dans l'état d'esprit où ils se trouvaient, n'auraient pu se contenter des dépêches, des journaux. Il leur fallait quelque chose de sûr, de définitif, dussent-ils en être brisés.

« Si vous voulez entrer, monsieur? »

Allan venait de tendre l'autorisation dont il était muni et sa carte : « Comte de Plouarec, » à un huissier de service au ministère.

Il était venu déjà bien des fois dans ces trois mortels jours qui avaient précédé. Encore à cette heure, il n'espérait guère. Aussi sentait-il ses jambes fléchir quand il fut introduit.

Était-ce bien l'arrogant Allan qui suivait les couloirs impressionnants de cette vaste ruche? Était-ce bien lui qui avait déploré l'intrusion de Divie dans leurs milieux et qui, en cet instant suprême, allait savoir si, oui ou non, elle revenait du plus fantastique des voyages?

Il s'arrêta au seuil même des bureaux. Depuis longtemps déjà la télégraphie sans fil avait remplacé les appareils de Morse et de Bréguet, employés antérieurement, et qui n'existaient plus qu'à l'état de souvenir.

Comme dans un rêve, Allan entendait l'huissier qui disait : « Vous pouvez approcher, monsieur. L'avertisseur est déjà en mouvement. »

Avec une lucidité étrange, il plongea son regard, par une des vastes baies, dans un des splendides jardins embrasés de soleil, que la reverbération des murs de stuc rendaient aveuglants.

Une voix nette annonça près de lui :

« On télégraphie de Stockholm. »

Il s'appuya le long des murs clairs, tant cette heure était poignante.

« L'aérien 17, faisant escale à Stockholm, aujourd'hui 18 juin 2001, ramène à son bord Leytang Henri-Louis, de Pont-Aven, aviateur, et Divie Leytang. De l'équipage Egmond Reinal. »

Il n'en entendit pas davantage. Un flot de joie lui monta au cœur. Il se retrouva dans un square voisin, le cœur inondé d'allègement et de bonheur, parce que Divie, la petite Divie qu'ils avaient crue morte, leur était enfin rendue.

<hr>

IX

Allan s'était promis d'attendre l'arrivée de Divie, ne pouvant tarder que de trois ou quatre jours. Il s'était dit aussi qu'il irait souhaiter la bienvenue aux Leytang.

A cet effet, il se rendit à l'aérogare.

Ce soir de juillet devait être pour lui inoubliable. Oui, il reverrait souvent Divie comme elle allait lui apparaître au

retour de ce périlleux voyage, parée du prestige troublant
des mortels dangers qu'elle avait courus.

Seul Allan ne s'avança pas.

Il y eut dans le lointain, à des kilomètres de distance, un
appel strident et prolongé comme celui d'une sirène.

La salle d'attente luxueuse se remplit presque aussitôt.

Cinq minutes s'écoulèrent, puis les hautes portes vitrées s'ouvrirent sur la longue terrasse formant docks. On entendit alors comme un grand frémissement. Une proue élégante s'arrêta avec une précision merveilleuse à, portée des buttoirs, puis les portières s'ouvrirent.

Alors Allan se sentit soudain très peu de chose dans ce milieu choisi et intelligent. Il se dit que Divie le remarquerait infailliblement. Il n'eut plus le courage d'aller au-devant des Leytang, et il se rejeta dans l'ombre.

Mais déjà la silhouette nerveuse de l'aviateur s'encadrait. Un murmure sympathique s'éleva aussitôt.

Il passa d'une allure rapide, soulevant son chapeau, jusqu'au dernier rang des spectateurs, avec son aisance froide et tranquille.

On eût dit que des années avaient passé sur cet homme, éteignant l'orgueil de ce front si rayonnant un an auparavant.

Une pitié profonde emplit le cœur d'Allan, presque aussitôt chassée par un sentiment puissant, fort et doux.

Son fin visage amaigri, mais toujours charmant, Divie paraissait à son tour.

Elle portait un costume simple d'aéronaute.

Comme elle passait, quelques acclamations courtoises l'accueillirent. Elle sourit, se retourna à demi et s'inclina avec sa grâce de femme du monde.

Mais déjà son père s'était arrêté. Il n'avait pu aller plus loin, sans que vingt mains de ses brillants amis ne se tendissent vers lui, et Divie se trouva également entourée.

Seul Allan ne s'avança pas. Mais, tant qu'il le put, de ses yeux, il suivit Divie et son père à travers leur cortège; puis il sortit à son tour, et gagna à pas lents le train en partance pour la Bretagne.

Il se sentait pris d'une timidité insurmontable pour revoir Divie dans son cadre moderne. Il avait besoin de se ressaisir. Plus tard, dans deux ou trois semaines, lorsqu'il jugerait la jeune fille remise de tant de secousses physiques et morales, il reviendrait avec l'appui réconfortant de Divie.

Une joie grave l'envahit à cette espérance. Il éprouva soudain un infini besoin d'espace, à la pensée de ce bonheur attendu.

. . . .

Divie venait de se retrouver dans la confortable et luxueuse demeure habitée aux intervalles de repos de sa vie aérienne. Elle était trop artiste pour ne pas y goûter la richesse somptueuse et entendue dont Leytang s'était plu à l'entourer. Puis l'existence qu'elle y menait était agréable et intelligente.

Mais, ce soir-là, un sentiment d'invincible lassitude l'envahit. Elle s'accouda au balcon qui donnait sur cette chaude nuit d'été et, comme une plainte inconsciente, elle murmura :

« Je voudrais revoir Léna. »

X

Allan ne put être libre aussitôt qu'il l'espérait. Des travaux importants le retinrent à Pont-Aven.

Ces mois d'été décidaient des ressources des Plouarec, et ils ne pouvaient quitter leur domaine à cette époque.

En septembre, ils comptaient aller surprendre Divie. C'est alors que Léna exposerait à Leytang le grand espoir qui les amenait. D'ailleurs, une lettre de Divie leur avait annoncé qu'elle et son père allaient se reposer à Baden. Août s'écoula ainsi.

Allan retrouva sa liberté. Il souhaitait à cette heure que la date de leur voyage ne fût pas encore arrivée. Il regrettait ce bonheur recueilli des jours passés, parce qu'ayant atteint le terme, il doutait de ses espérances. Léna le rassura. Divie pouvait demander à réfléchir en raison de la transition brusque que cette union produirait dans sa vie; mais elle ne le refuserait pas. Tôt ou tard elle prendrait sa place à leur foyer, cette place que Leytang avait désertée pour la science. Elle viendrait aussi à ces croyances dans lesquelles ceux de sa lignée avaient vécu, étaient morts consolés.

« Est-il possible que ce soit nous qui demain prendrons l'aérien de Paris-Berlin? » dit un soir Léna en riant.

Elle se sentait l'âme légère et s'adonnait au plaisir mêlé de frayeur causé par ce voyage.

« Il est certain que cela détonne complètement avec nos habitudes. Ce n'est pas du tout Plouarec.

— L'aérien stoppe à Francfort? questionna Léna.

— Oui, nous y arriverons dans la nuit, et si, le jour suivant, tu désires visiter la ville...

— Non. Au retour, alors que nous serons tranquilles et heureux. »

Le jour commençait à peine à paraître, quand le lendemain Léna se trouva levée. Ayant complètement perdu l'habitude des voyages, elle ressentait cette anxiété nerveuse de ceux qui vont rompre avec de vieilles habitudes de liberté, pour se plier à l'inflexibilité des horaires. Elle parcourut en hâte les vastes chambres de Plouarec et songea ensuite à sa toilette.

Elle avait toujours suivi les modes un peu retardataires de Pont-Aven, et elle se jugea incorrecte, lorsque, ayant voilé son canotier de la gaze indispensable pour le trajet aérien, elle se regarda dans la glace.

En bas, Allan l'appelait, et elle eut tout juste le temps de monter dans le cabriolet attelé devant la porte.

A midi ils étaient à Paris, et, sous la chaleur ardente de cet été pourtant finissant, ils se trouvèrent bientôt au quai d'embarquement des aériens.

Léna regardait avec une anxiété peureuse cet élégant appareil qui vibrait déjà, et elle crut faire un rêve étrange quand Allan, ayant posé sa valise sur une des banquettes du salon, lui proposa de venir respirer sur la plate-forme.

Aussitôt les voyageurs commencèrent à arriver, et un quart d'heure après la sonnerie du départ retentit.

Léna se sentit soulevée de terre, emportée dans l'espace, et elle dut se cramponner à son frère dans une sensation de vertige. Mais elle se remit dans la pureté de l'air, et, le premier mouvement de frayeur dominé, elle put se livrer tout entière à ce nouveau et magique spectacle.

La nuit était tombée lorsqu'ils arrivèrent à Francfort.

Baden était si près, qu'ils comptaient y arriver le lendemain par le train de l'après-midi, et Léna déclara que, dans la soirée de ce lendemain, elle irait trouver son oncle Leytang pour être fixé.

Elle avait bien pensé lui écrire ; mais elle s'était dit qu'une démarche leur donnait plus de chance de réussite.

Baden-Baden était en pleine saison quand, ce jour-là, Allan et Léna y arrivèrent.

Ils se firent conduire à l'hôtel. Là Léna refit sa toilette, et aussitôt après vint retrouver son frère. Il était assis près du balcon de son appartement.

« Quoi qu'il arrive, dit-il avec une émotion profonde, je n'oublierai point que tu es venue jusqu'ici par affection pour moi, dans le but de me donner le bonheur. Je ne pourrai t'attendre dans l'inactivité, continua-t-il. Si tu le veux, j'irai à ta rencontre dans la Lichtenthaler. Tu vois, Léna, je possède assez bien mon Bædeker pour pouvoir parler en connaisseur de ce pays. »

Il avait un faible sourire, sous lequel il se contraignait à voiler sa préoccupation.

« Je te rejoindrai où tu voudras, mon cher Allan, » répondit-elle, émue et grave en face de cet avenir qui, dans deux heures, allait se dessiner pour son frère.

Le soir commençait déjà à tomber, un soir plein d'une solennelle douceur dans cette contrée étrangère. Léna se leva et, se tournant vers Allan :

« M'accompagnes-tu jusqu'à la station des voitures? Je reviendrai ensuite à pied.

— Je puis même monter avec toi, et je m'arrêterai à l'endroit où nous avons convenu de nous retrouver. »

Vingt minutes plus tard, il serrait la main de Léna et laissait sa sœur continuer seule son chemin.

. . . .

Tranquilles ou anxieuses, les heures s'écoulent avec la même régularité, et Allan, après avoir arpenté la Lichtenthaler, la vit peu à peu devenir déserte.

Il s'en trouva même le seul promeneur. A chaque instant il s'attendait à voir apparaître la robe bleue de Léna. Elle tardait, c'était bon signe; sans doute Leytàng l'avait retenue.

Baden était à cette heure silencieux. La vie ne reprendrait que plus tard. Seul, d'une fenêtre ouverte, parvenait, dans la fraîcheur du soir, le chant mélancolique d'un violon interprétant un thème allemand.

Allan se sentit soudain attendri jusqu'aux larmes, parce qu'il était énervé jusqu'à la souffrance.

Un pas léger de femme foula le sable. Au même instant une silhouette tourna une allée. Allan tressaillit et s'élança au-devant de Léna, qu'il venait de reconnaître. Mais, avant qu'elle eût parlé, sous le tulle léger de la voilette, il vit les larmes qu'elle versait, et, sans qu'elle eût besoin de le lui dire, il comprit que Divie était perdue pour lui.

« Leytang n'a pas voulu?

— Mon Allan, sois courageux. Elle est fiancée! »

Il la regarda avec une sorte de stupeur, puis ses lèvres remuèrent sans qu'elles pussent articuler aucun son.

Alors, doucement, Léna lui prit le bras, et avec des mots qu'elle imprégnait de bonté et de pitié elle lui dit que, depuis trois semaines, Leytang avait promis sa fille à un jeune aviateur, Rémy Varannes; qu'il leur demandait de ne pas faire connaître à Divie le but de leur voyage à Baden, et, pour qu'elle ne se doutât de rien, il fallait qu'ils la revissent tous les deux le lendemain, car elle ne manquerait pas de s'étonner d'un brusque départ.

« Et puis, après cet effort, ce sera fini, mon Allan, acheva-t-elle. Je t'emmènerai dans notre Plouarec. Alors, dans la paix, dans notre commune affection, dans l'énergie de toute ton âme, tu te devras d'oublier celle qui ne peut devenir ta fiancée. »

Seulement le sacrifice généreux qu'elle enseignait à Allan lui parut-il trop cruel, le fardeau qu'elle essayait de soulever avec lui trop pesant? Vaincue, la vue troublée par les larmes, ce fut Allan qui la reconduisit jusqu'à leur hôtel.

XI

Léna s'était dit que la demande de Leytang était inacceptable, qu'on ne pouvait condamner Allan à revoir Divie, et le lendemain elle entra chez son frère avec la ferme résolution de repartir le jour même.

A sa grande surprise, dès les premiers mots, Allan l'interrompit.

Sans doute avait-il fait un grand effort, car il était calme et si plein de noblesse et de dignité dans cette épreuve cruelle, que Léna en fut touchée. Ce fut en tremblant qu'elle traversa avec lui, dans la matinée, le jardin du Trinkhalle, qu'elle ralentit le pas et s'arrêta enfin, en disant :

« C'est là! »

Allan s'était attendu à voir une élégante villa. Au lieu de cela il se trouva dans un simple parterre, où une petite maison presque monastique mettait une note de repos et de paix.

Et ce fut dans ce cadre qu'il lui fut donné de revoir Divie.

La jeune fille avait connu son cousin sous un aspect trop réservé pour s'étonner de la gravité presque austère de son visage. Il parla peu, et le repas fut plutôt triste.

« Vous allez excursionner avec nous? demanda Divie, se tournant vers Allan et Léna. Voulez-vous aller à la Gérolsan?

— Je crains que Léna ne soit déjà trop fatiguée, répondit Allan, et je compte même abréger notre séjour ici et repartir demain pour Francfort.

— Quoi! déjà? Mais je n'ai pas joui de ma chère Léna.

— Plouarec a raison. Léna est extrêmement pâlie, dit Leytang intervenant. Divie, va t'habiller; emmène la cousine dans ta chambre. Nous passerons l'après-midi à la Conversation. »

Les deux hommes étaient revenus dans le salon suranné datant d'une époque ancienne.

« Mon cher Plouarec, fit Leytang avec cordialité, je tiens à vous dire que je suis au regret du refus par lequel je me vois forcé d'accueillir votre demande. »

Allan eut un geste de la main pour lui imposer silence.

« C'est inutile de parler d'une chose ne pouvant exister, dit-il. Je souhaite que votre fille soit heureuse. »

Il se tourna brusquement vers le parterre, où des roses trémières se balançaient à des palissades minuscules.

« Vous regardez ce parc réduit : Divie a tenu à ce que nous louions ce coin modeste, et j'avais assez besoin de paix et de solitude pour satisfaire ce désir. »

Un quart d'heure plus tard, la fille de Leytang, toute vêtue de blanc, descendait au bras de Léna. Elle entra dans le salon comme une petite chose lumineuse.

Divie mettait à la hauteur des yeux de Léna le petit cadre de Spa.

« Est-il dans les attributions d'une fiancée de montrer à ses amis intimes et chers la photographie de son futur mari ? » demanda-t-elle.

Un silence pesant accueillit ces paroles. Leytang eut un geste pour arrêter Divie, qui de sa main fine, gantée de blanc, mettait à la hauteur des yeux de Léna le petit cadre de Spa.

« Il... il est très bien, balbutia la pauvre fille pour dire quelque chose.

— Non, vraiment, Léna, ne vous croyez pas obligée à ce compliment. Remy est seulement très intelligent et très sportif. »

Elle se tourna vers Allan; mais de nouveau son regard errait vers le jardin d'où montait, à cette heure de soleil, une senteur amère de lierre.

Léna ne sut jamais ce que fut cet après-midi passé dans la cohue brillante des salons de la Conversation. Sa mémoire ne retint rien des chefs-d'œuvre de la salle Italienne et de la salle des Fleurs.

Le soir, ils se retrouvèrent dans les rues de Louisenstrasse, sans qu'elle se rendît compte du moment où ils y étaient venus; mais soudain elle se trouva éveillée. La voix chantante de Divie disait, avec un accent de regret sincère :

« Ainsi, il faut nous séparer? »

Se séparer?... Oui, Divie avait raison, tout était fini.

Et maintenant Allan s'inclinait devant la jeune fille comme devant une passante, et cet adieu banal était tout ce qu'il remportait d'elle!

Ils quittèrent le lendemain Baden-Baden. A Francfort, ils reprirent l'aérien de France. Léna, debout auprès de son frère dans l'air bleu et transparent, le regardait avec angoisse, souhaitant voir dans les yeux de ce fort des larmes de faiblesse.

Il restait immobile, rigide, comme inaccessible à la souffrance.

Maintenant ils rentraient à Plouarec, ils se retrouvaient dans la grande salle parée des objets familiers.

« Léna? dit Allan.

— Mon pauvre aimé, que veux-tu? »

Il eut un geste de la main.

« J'aimerais que tu disposes autrement cette pièce où je l'ai connue. Ce petit fauteuil où elle s'asseyait, je voudrais ne plus le revoir. »

XII

Les Leytang rentrèrent à Paris, quand, à Baden-Baden, l'automne eut chassé la foule cosmopolite de ses luxueuses villas.

Comme les vrais savants, l'aviateur, un moment désemparé par l'insuccès de son œuvre, s'était remis à ses hardis projets, et de nouveau le génie rayonnait sur son front vaste et lumineux.

Le grain de sable qui l'avait entravé, il saurait le retrouver et le chasser ; puis il repartirait pour des cieux lointains et inconnus.

D'ailleurs, c'était un échec glorieux qu'il lui avait été donné de subir, et ce voile de mortel silence qui l'avait enveloppé, lui et sa fille, pendant presque une année, n'avait pas peu contribué à lui donner une réputation d'audace et de témérité.

Décidément l'aviation était devenue le sport par excellence de cet hiver de 2001. On avait trouvé de bon ton de former des clubs mondains d'où les femmes n'étaient pas exclues, et les conférences faites par des aviateurs en renom eurent un succès prodigieux.

Mais ce succès se trouva atteindre son apogée quand il fut annoncé que Leytang prendrait lui-même la parole et, sur le désir qui maintes fois lui avait été exprimé, ferait le récit du périlleux voyage d'où il avait failli ne jamais revenir.

Ce soir de novembre, une assemblée élégante se pressait dans la salle des « Aéronautes français ». Une chaleur douce, une lumière ardente, tamisée par des globes nuancés, le murmure des voix montant en une houle discrète, donnaient à la réunion un coup d'œil exceptionnellement mondain.

Sans doute le conférencier ne tarderait-il pas à paraître, car sa fille venait d'arriver. On se la montrait, placée au premier rang. Près d'elle, on nommait son fiancé, le jeune et célèbre Varannes, l'air viril jusqu'à la dureté, et dont l'irrégularité des traits se trouvait rachetée par l'éclat extraordinaire du regard.

A défaut d'une taille athlétique, il possédait une souplesse, une énergie de mouvements lui créant une physionomie très particulière et dominatrice.

Leytang parut enfin.

Ce n'était point son métier de soulever une salle par la magie de la parole; mais ces lèvres au dessin ferme, s'ouvrant pour le récit des heures d'épouvante et des mois d'attente désespérée, procuraient déjà à son auditoire un assez puissant intérêt pour lui créer un milieu sympathique.

Il parla d'abord du début triomphal de son expédition, de la joie ardente de l'homme qui a atteint le terme de ses efforts; puis de cette minute atroce où il avait senti comme la vie s'arrêter en lui, lorsqu'il s'était aperçu que son appareil fléchissait.

« Sans doute, c'était un hardi dessein, disait-il; mais il n'était pas irréalisable, d'autres l'avaient tenté avant moi en suivant une route différente. D'ailleurs, en matière d'aviation, les calculs sont le point unique, et j'étais sûr des miens. Ainsi à telle surface correspond tel poids à soulever; à telle concavité de surface, telle résistance atmosphérique. En aviation, la période des incertitudes est finie. Je savais que je pouvais partir. Au début, je ne pouvais dépasser cinquante ou soixante kilomètres à l'heure. Il fallait compter avec les obstacles, et ceux-ci ne manquaient pas, puisque nous entrâmes bientôt dans la grande voie aérienne du Nord. Mais, au sortir de celle-ci, dans les régions hyperboréennes, je pus donner toute la vitesse de l'appareil, et elle atteignit sans peine deux cents kilomètres. Cette vitesse est moins impressionnante, dans l'atmosphère, qu'une bien inférieure sur terre : elle tient du glissement, tandis que l'auto procède plutôt par bonds que par roulement. J'avais vérifié mes accumulateurs : ils étaient dans un parfait état. Et la catastrophe se produisit, alors qu'il était impossible de la prévoir.

« De loin je voyais les terres arctiques; mais je devinais l'abîme, la mer sauvage sans cesse rapprochée de mon monoplan. Je sentis soudain l'appareil se relever, le moteur fournir une force plus grande. »

La voix mesurée et froide, comme dominée par sa nature énergique et inaccessible aux fluctuations du sentiment, disait sobrement les choses.

Il s'arrêta pourtant un court instant lorsqu'il prononça le nom de Joël, et qu'il vit les beaux yeux de sa fille se remplir de larmes généreuses, au souvenir de cet humble.

Il continua :

« Au même moment les flots se refermaient sur la tête grise, sur les vieilles mains de mon pilote Joël Karbrac, s'agitant pour ressaisir instinctivement la vie qu'il sacrifiait.

« Je rends hommage ici au serviteur obscur qui a payé de son existence les quelques minutes de vol qui furent notre salut.

« Dix minutes plus tard, mon appareil atterrissait rudement, s'écrasait plutôt. Mais la terre ferme, une terre presque vierge, nous recevait.

« Mon monoplan était brisé, mais ma fille était sauvée.

« Et alors se posait le redoutable problème : que devenir?

« Humainement, nous étions perdus. Les vivres allaient manquer : la fatigue nous aurait brisés, avant d'avoir gagné une région plus clémente.

« Pourtant, c'était le printemps. Un peu de courage nous vint au contact des frêles saxifrages, des mousses et des bruyères polaires. Au loin, des oies boréales jetaient leurs cris stridents.

« J'avais d'abord dit : C'est la mort. Maintenant je pensais : Nous pourrons vivre peut-être.

« Nous vécûmes.

« Nous vîmes le printemps s'achever; puis un court été le suivre. Un matin, lorsque nous nous éveillâmes, l'hiver, le terrible hiver hyperboréen, était commencé.

« Nous avions marché pendant la belle saison: nous avions eu la douceur de la plaine, la lumière et la flore sauvage de ce pays pour nous encourager. C'était sans doute nos derniers jours de vie, et nous en avions joui avec une ardeur silencieuse. Mais quand le soleil s'obscurcit, lorsque la lumière ne nous fut plus que strictement mesurée, lorsque la neige commença à tomber et les jeunes glaces à se reformer, nous nous arrêtâmes. Nous nous construisîmes une maison de neige, nous y apportâmes le gibier tué et conservé que nous avions capturé sur notre route et traîné à notre suite.

« Des fosses furent creusées autour de l'habitation pour y attirer les animaux qui serviraient à notre alimentation.

« L'heure vint où un ciel de fer ne nous permit plus de sortir. Nous nous terrâmes auprès de notre pauvre feu, nous nous blottîmes sous les fourrures encore saignantes de nos victimes, et nous vécûmes là d'une vie presque voisine de la mort.

« Sans doute, il eût été au-dessus de nos forces de recommencer une semblable période de souffrances, et nous savions que le printemps et l'été qui allait suivre seraient pour nous la dernière étape.

« Le printemps passa. Mais, à l'été commençant, nous vîmes errant dans le ciel un aérien français à la recherche de ses fils. La dette sacrée que nous avons contractée, nous la payons en gloire ! »

Leytang descendit sur ces derniers mots. Une foule émue se pressait autour de lui. Il souriait, jouissant de cette heure le réconfortant du passé décevant, et parlant à demi-mots de cette autre traversée qu'il projetait déjà, insouciant du danger et de la mort.

XIII

Les dépêches du soir, placardées dans Paris, annonçaient par cette fin de janvier que la traversée aérienne des Alpes en pleine tempête aurait lieu le lendemain.

Celui qui la tentait ne pouvait être que ce fou, cet audacieux Varannes. Son nom était dans toutes les bouches.

Il était parti la veille pour Valence. Sa fiancée l'accompagnait; mais elle devait le laisser en France et passer avec son père immédiatement en Italie, où Varannes devait atterrir.

C'est là que, dans la bourrasque faisant rage à cette époque de l'année, Varannes, sur son monoplan, passerait au-dessus des cimes grandioses et des abîmes sans fond.

Arriverait-il dans cette vallée du Pô? Serrerait-il jamais dans ses mains triomphantes celles de Divie Leytang?

Il disait :

« Ayez confiance! »

Mais, insouciant comme il l'était du danger, pouvait-on se fier à son téméraire courage?

A Valence, le rapide les déposa tous les trois. Un quart d'heure plus tard, ils devaient se séparer à l'arrivée du grand express partant pour Turin.

Varannes était déjà signalé, et il supportait sans sourciller, avec une tranquille indifférence, l'examen dont il était l'objet. Rien de très remarquable dans sa personne. Il était de taille moyenne, mais découplé comme les hommes de sport.

Divie l'avait bien dit, Varannes n'était pas beau. Son front trop vaste, trop bombé, creusait profondément les orbites, où s'allumait le regard vif et pénétrant. Vêtu sans aucune recherche, comme ceux de son métier, il dénotait une absence totale d'élégance.

Cependant ce héros de vingt-cinq ans était plutôt sympathique.

6

Leytang s'entretenait avec le fiancé de sa fille de détails techniques. Divie, toute rose sous le froid, s'enveloppait dans ses fourrures.

Là-bas, un coup de sifflet strident déchira l'air. Instinctivement la jeune fille tourna ses regards vers Varannes.

Peut-être se disait-elle que s'écoulaient en ce moment les dernières minutes où il lui était donné de le voir ; mais, très crâne, avec seul un petit fléchissement dans la voix, elle lui tendit la main.

« Au revoir, mon ami. A demain, au versant italien. »

Il sourit, serra vigoureusement la main finement gantée.

« Je ne vous permets point d'en douter. »

Leytang et sa fille, penchés à la portière, aperçurent encore la silhouette un peu rude s'enlevant sur le débarcadère : le vent des Alpes toutes proches frappait Varannes au visage, comme pour le défier de sonder les mystères de leurs flancs escarpés, des profondeurs traîtresses qui, dans l'incertitude du lendemain, pouvaient devenir son tombeau.

Le train emportant les Leytang n'avait pas tardé à rouler dans la clarté du mont Cenis, qui, contrairement à ce qui se passait dans le siècle précédent, s'était d'un tunnel transformé en un hall brillant et gigantesque.

Selon le désir de Divie, au lieu de descendre à Milan, on s'arrêta au bas des montagnes, entre Madone et Bardonnèche, qui serait le lieu d'atterrissage de Remy.

Ce n'était qu'un modeste village, fréquenté par les tou-

ristes dans la saison d'été. En mettant pied à terre, Divie
faillit être renversée par l'ouragan.

« La Francesa ose venir par la tempête? » dit l'hôtelier
avec l'accent chantant de l'Italie.

C'était un inoubliable spectacle que celui des Alpes au
cœur de l'hiver. Divie devait en conserver l'austère souvenir.

Elle passa la veillée avec son père dans la petite salle
basse et enfumée, près d'un feu de sapin répandant
comme un parfum d'église.

« Père, dit-elle soudain en posant affectueusement sa
main sur l'épaule de Leytang, j'aimerais voir cette soirée
ne jamais finir.

— Singulière idée! fit l'aviateur en riant.

— Je voudrais savoir si, comme moi, vous vous sentez plus
recueilli, plus indulgent à ceux qui ont pu vous peiner.
Père, c'est très mal de vous dire cette chose, à vous si bon;
mais ne trouvez-vous pas, on se sent plus disposé à être
meilleur?

— J'ai passé l'âge des enthousiasmes, ma chère fille. Je
suis de ceux qui conçoivent la vie sous un jour plus pro-
saïque, et notre génération est de celles qui cherchent le
bien lorsqu'elle y trouve son avantage.

— Léna et Allan ne parlent pas ainsi. Figurez-vous, un
jour Léna m'a prêté ce qu'elle appelle un livre de prières,
servant autrefois pour suivre les offices de son culte.
Et il y avait là des choses si étranges, des choses dont vous

n'avez pas idée. J'en ai retenu quelques-unes. Voulez-vous?
je vais vous les réciter.

— Oui, si cela peut t'être agréable. »

La voix de Divie s'éleva harmonieuse dans l'humble
demeure.

« Mon Dieu, dit-elle, faites du bien à ceux qui me haïssent;
pardonnez-leur tout le mal qu'ils me font ou voudraient me
faire; comblez de bénédictions ceux qui me persécutent.

— C'est très beau, mais pas du tout pratique; et je ne
vois pas ma petite Divie appelant des bénédictions sur ses
mondaines amies cherchant à lui nuire.

— Je sens bien que je ne suis pas assez forte pour cela.
Nous sommes, après tout, bien peu de chose. Vous souvenez-vous, père, de votre impuissance lorsque nous descen-
dions dans la mer du pôle?

— C'étaient des heures terribles, mais doublant la fierté
de ceux qui peuvent les vaincre; et ce sont de celles-là que
Varannes vivra demain.

— Il est si jeune et si vaillant! répondit Divie, je suis
presque calme ce soir.

— Tu as raison. Nous devons nous posséder parfaitement
pour être maîtres de la vie. »

A 22 heures, ils se séparèrent. Dans sa chambre
rustique, Divie s'endormit. L'ouragan effroyable se déchaînant dans les gorges emplies de ténèbres, ses accents s'élevant comme des orgues puissantes, l'éveillèrent au bout de
quelques heures.

Au sortir du sommeil, dans l'étrangeté de cette nuit alpestre, elle crut entendre la voix de la rafale qui demandait, bondissant de cimes en cimes :

« Cherchez-vous une tombe? cherchez-vous une tombe? »

Elle éleva avec angoisse sa bague de fiançailles à la hauteur de ses yeux. Le domaine de l'air, où elle avait passé la moitié de sa vie, lui parut moins redoutable à mesure que sa pensée devenait plus lucide.

« Remy doit vaincre, se dit-elle apaisée. Il le faut, il n'y a rien au delà, et tant de courage ne peut rester sans récompense. »

Le matin la retrouva vaillante, et dans ces dispositions elle rejoignit son père.

« Varannes ne pouvait souhaiter un temps plus effroyable pour se couvrir de gloire, » dit celui-ci en inspectant le ciel, où les nuées roulaient éperdues.

Ils se dirigèrent, escortés, vers la montagne.

« Appuie-toi ferme sur le guide, Divie. Nous autres, gens de l'air, n'avons point le pied montagnard. »

A 11 heures, ils arrivèrent à Bardonnèche. Malgré la rigueur de la saison, une foule d'étrangers s'y pressaient. mais tous étaient venus par les grands express européens, le service d'aéroplanes ayant été suspendu à cause de la violence des courants aériens.

Il était environ midi, quand le véritable flot humain couvrant la petite place de Bardonnèche s'apaisa dans un silence solennel. Le timbre téléphonique venait de vibrer.

Presque aussitôt on afficha la communication suivante :

« Varannes est parti à l'instant. »

Divie se tourna vers Leytang.

« Nous ne le reverrons peut-être pas! »

Il répondit seulement :

« Allons l'attendre dans la plaine du Pô. »

Il devait y atterrir, selon toutes prévisions, deux heures et demie plus tard. La foule s'y porta pour l'acclamer dès son apparition.

Et c'était un temps d'angoisse qui s'écoulait, des heures pathétiques d'admiration et de pitié.

Mais déjà tous les yeux se portaient vers le ciel bouleversé. Toutes les volontés, tous les désirs se rencontraient au même point précis, à cette minute sublime où Varannes allait apparaître.

Y parviendrait-il jamais? Plus de deux heures s'étaient écoulées depuis que la sonnerie téléphonique s'était mise en mouvement.

On l'attendait, et peut-être, pris par un remous des hautes cimes, chaviré par la tempête se déchaînant dans sa fureur démente, avait-il achevé sa course.

On l'attendait, et sans doute avait-il trouvé la tombe offerte par la rafale. On l'attendait... Eh bien! oui, c'était lui, fier comme un jeune guerrier au soir de la bataille, c'était lui qui, ballotté, roulé dans l'espace, mais vainqueur, entrait triomphalement sous le ciel d'Italie.

Des acclamations délirantes l'accueillirent.

« Le roi des airs ! Voilà le roi des airs ! »

Mais le royaume des airs, tout comme ceux de la terre, a ses rois légitimes.

S'élevant du sommet des Alpes, deux aigles à l'envergure puissante hésitèrent un instant, contemplèrent avec stupeur leur domaine envahi par cet oiseau étrange, puis, dans un élan furieux, foncèrent sur lui.

Maintenant tous les cris s'étaient tus, devant le drame unique, le drame muet, seulement troublé de coups d'ailes terribles.

Remy avait vu le danger. Un large virage le mit hors de la portée de ses terribles adversaires. Ce ne fut qu'une seconde. On les revit tout de suite dans le sillage du biplan.

Un cri d'angoisse montait de la foule :

« Atterrissez ! atterrissez !... »

Entendait-il cette rumeur humaine, la dernière frappant ses oreilles prêtes à se fermer aux bruits de la terre ?

Deux cents mètres le séparaient du sol ; mais, luttant contre le vent et l'imminent danger, il ne pouvait atterrir.

Pourtant, dans une manœuvre géniale, il s'abaissa de cent mètres.

Maintenant on le voyait distinctement, on devinait ses yeux, levés vers les bêtes de proie, mesurer le péril.

Il se rapprocha encore, mais l'allègement ressenti fut bref. Comme des flèches, les aigles qui planaient hésitants venaient de s'abattre sur l'enveloppe fragile, enfonçaient dans le fuselage leurs serres puissantes, et l'aéroplane ne descendait plus, il tombait avec une vitesse effrayante.

Mais, environ à sept mètres du sol, on vit Varannes s'élancer de son appareil. En touchant terre, il ploya rudement le genou.

Il se releva presque aussitôt, et maintenant il recevait l'hommage des triomphateurs avec son calme hautain qui plaisait à la foule.

XIV

Leytang et Varannes désiraient prolonger leur séjour en Italie pour dresser un plan complet des courants aériens dans cette partie de l'Europe, car cette question les passionnait.

Les deux aviateurs et Divie, après la traversée des Alpes, avaient prolongé jusqu'à Milan; mais leur intention était de retourner en montagne. Ils ne pouvaient songer à emmener la jeune fille par une température si rigoureuse.

« Je ne puis pourtant la laisser seule dans cet hôtel, dit un soir Leytang en feuilletant machinalement son Bædeker. Mais, au fait, mon cher Varannes, je recueille là un renseignement précieux. »

Il éleva le petit livre à la hauteur de ses yeux fatigués par le séjour des altitudes élevées et lut :

« A trois kilomètres de Milan, petit couvent de religieuses françaises émigrées. Reçoit dames pensionnaires. »

« Ceci est parfait. Divie, que penserais-tu d'une halte dans ce monastère? cela ne manquerait pas de piquant. »

Divie, qui regardait avec intérêt le va-et-vient de la rue, se retourna vers son père.

« Vous avez parlé de religieuses françaises, père, je crois? Cela m'est indifférent, si des religieuses ne sont pas trop austères. Portent-elles un costume particulier? Au fait, ce doit être très curieux.

— Je le suppose. J'ai vu autrefois des Réparatrices, près de Tournai. Elles étaient vêtues de robes bleues d'une nuance charmante et qui t'auraient plu, Divie, toi qui as des goûts artistiques.

— Père, j'accepte très volontiers votre combinaison, si elle ne se prolonge pas au delà de huit jours. »

L'après-midi était fort avancé quand, le lendemain, Leytang conduisit sa fille au petit couvent.

Ils furent introduits dans un blanc parloir, dont les fenêtres donnaient sur un jardin soigné et tranquille.

« Ceci ressemble d'une façon frappante à notre retiro de Baden. Ne trouvez-vous pas, père? demanda Divie en soulevant le rideau de mousseline. Avez-vous remarqué le costume de cette personne qui nous a introduit?

— Une robe flottante en laine blanche, oui, certainement. Tu vas faire une cure de paix, Divie. »

La jeune fille se mit à rire.

Presque aussitôt la porte s'ouvrit, et une religieuse entra.

« Est-ce, mademoiselle, la jeune pensionnaire annoncée ?
questionna-t-elle en français.

— Oui, madame. Cette maison est, je crois, d'ailleurs une
pension de famille, répondit Leytang.

— Non, pas précisément. C'est un couvent, un véritable
couvent ; mais notre règlement autorise la réception des
dames et des jeunes filles désirant séjourner ici. »

Elle avait un sourire aimable et reposé, qui lui valut la
sympathie de Divie.

« Voulez-vous voir l'établissement ? proposa la religieuse.

— Je vous remercie. Je dois repartir, objecta Leytang,
je vous confie ma fille. Dans huit jours je serai de
retour.

— Et qui avons-nous le plaisir de recevoir ? Une Française ?

— Je me nomme Divie Leytang.

— Leytang,... Leytang, c'est le nom d'un des plus grands
aviateurs de France. Est-ce que ce serait...?

— Leytang lui-même, dont vous exagérez les mérites, oui,
madame. »

Une satisfaction très vive se peignit sur le visage de la
religieuse.

« Les bruits du dehors ne parviennent guère à notre couvent ; mais nous nous intéressons à tout ce qui fait la
gloire de la France. »

Leytang sourit, effleura le front de sa fille et partit, ras-
suré sur son sort.

Divie se retrouva seule avec sa conductrice. Elle était assez jeune pour jouir de tout ce qui l'entourait, et son séjour dans cette maison était pour elle rempli d'imprévu et de nouveauté.

« Voulez-vous visiter le jardin, ou préférez-vous que je vous présente à nos sœurs? »

Nos sœurs !... Comme ce nom sonnait, plein d'aménité touchante, aux oreilles de la petite moderniste !

Elle opta pour la dernière proposition, et la supérieure la conduisit dans une salle claire et pauvre, où une quinzaine de religieuses se livraient à des travaux de couture.

« Je vous présente Mlle Leytang, la fille du grand aviateur français, deux qualifications pour vous mieux accueillir ici, si c'est possible, mon enfant. »

La même curiosité enfantine et bienveillante se révélait dans tous les yeux qui l'entouraient, et Divie eut tout de suite une sorte de royauté dans ce petit troupeau.

Elle goûta un plaisir très vif à partager le repas silencieux des religieuses, et sa satisfaction ne fut pas moins grande quand la supérieure l'invita à assister au salut qui allait suivre.

Elle fut chargée de la décoration de la petite chapelle. Le climat italien avait permis d'élever et de conserver sans peine des fleurs rares, et l'autel de bois peint était paré de touffes de violettes et de camélias blancs arrangés avec un art délicieux.

C'était un spectacle bien étrange pour la jeune fille

quand, de sa place, elle vit l'officiant se prosterner devant l'ostensoir d'or, qu'elle respira le parfum aromatique de l'encens et entendit les chants suaves et recueillis de ses compagnes.

Elle ne comprenait pas encore très bien quel genre de vie elles pouvaient mener, ni l'attrait trouvé dans leur terne existence; mais le calme et la sérénité répandus sur leurs visages révélaient des âmes satisfaites.

Lorsque le prêtre éleva et abaissa, dans un geste de bénédiction, l'ostensoir rayonnant, Divie ne courba pas la tête; mais ses regards se portèrent étonnés sur le Dieu eucharistique rencontré pour la première fois.

« Je voudrais tant avoir l'explication de votre culte! » dit-elle en sortant à la supérieure.

Celle-ci posa sur la jeune fille des yeux pleins de pitié et d'affection.

« N'avez-vous jamais étudié les questions religieuses?

— Non. En France, elles ne soulèvent plus aucun intérêt. »

Divie crut voir les yeux affectueux de tout à l'heure se remplir de larmes.

« Ainsi, demanda-t-elle avec douleur, il n'y a plus de culte, plus d'office, rien ?...

— Mais non, » répondit tranquillement Divie.

La religieuse fit quelques pas dans le petit cloître.

« Vous-même, dit-elle avec bonté, vous n'êtes pas... ?

— Catholique romaine? Non; mais je trouve vos cérémonies touchantes. Voulez-vous me dire ce que représente ce disque d'or encerclant une forme blanche que vous semblez révérer ? »

Divie crut voir les yeux affectueux de tout à l'heure se remplir de larmes.

Les deux mains de la moniale se joignirent dans une instinctive adoration.

« Cela va vous paraître si étrange, si prodigieux ! Et, pour le comprendre et l'admettre, il nous faudrait notre foi. C'est ce que, dans notre religion, nous appelons un mystère, un mystère d'amour. Cette forme blanche voile la majesté de notre Dieu. »

Effectivement, Divie ne parut pas saisir.

« Il faudrait, tout d'abord, que vous croyiez à l'existence de ce Dieu, expliqua la supérieure, dont une flamme apostolique faisait resplendir le regard. Puis vous vous rendriez à la logique, à l'indispensable raison d'être d'un créateur de tout ce qui existe, d'un point de départ initial, sans lequel nous tombons dans l'absurde. Et, après avoir compris le dogme, vous arriveriez à l'amour.

— Quel amour?

— L'amour de ce Dieu pour nous, dont un des magnifiques attributs est la justice. Mais il a aussi la miséricorde. Mon enfant, il me faudrait vous montrer cette justice et cette miséricorde faisant toute la sublimité de notre religion, l'homme déchu et coupable racheté par Dieu lui-même mourant sur le Calvaire. Alors ce que vous me demandiez tout à l'heure ne vous paraîtrait plus si incompréhensible. Après ce que notre Dieu avait fait, nous pouvions arriver sans mérite aux plus incroyables croyances. C'est lui qui demeure sous cette forme fragile. Ceci vous expliquera peut-être la singularité de nos vies solitaires vouées à ce Dieu. Mon enfant, si étrange vous semble tout ce que j'ai pu vous dire, souvenez-vous-en, rappelez-vous ces pauvres paroles dans le silence du petit cloître. »

Bien que ses journées fussent paisibles jusqu'à la monotonie, Divie ne regretta pas son séjour dans le couvent de Milan, et elle éprouva même un serrement de cœur lorsqu'il lui fallut songer au départ.

Elle fit ses adieux aux religieuses émues, embrassa la supérieure et lui demanda avec élan ce qu'elle désirait pour son petit monastère.

« Rien, mon enfant. Le souvenir que vous garderez de nous nous sera seulement très précieux. »

Comme Divie parcourait le jardin pour la dernière fois, elle se sentit soudain tirée par le pan de sa robe.

En se retournant, elle reconnut une sœur très ancienne dont les années avaient un peu embué la raison.

« Je voulais vous dire... Tout à l'heure vous avez questionné notre Mère pour savoir ce qu'elle désirait. Puis-je vous adresser une demande?

— Certainement, fit Divie, cela me sera très agréable. »

La vieille religieuse croisa sur sa poitrine ses mains ridées, dont le lainage blanc d'où elles émergeaient accentuait la décrépitude.

« J'ai oublié tant de choses! dit-elle enfin; d'autres, je ne les saisis guère, mes oreilles n'entendent plus tous les sons et mes yeux commencent à s'éteindre. Il n'y a qu'une chose n'ayant pu mourir en moi, la seule dont je vous parlerai sans que ma pauvre raison dérive. »

Elle s'arrêta, un peu haletante, puis continua :

« Vous êtes bien jeune pour que ceux qui ont vu les choses passées il y a si longtemps aient pu vous les transmettre, et peut-être suis-je le premier témoin que vous entendrez, car la vie humaine va toujours en diminuant de durée. Les expulsions définitives des religieuses sécularisées ont eu lieu en France en 1923. A cette époque, tout ce qui avait existé d'ordres monastiques et autres transformés en ordres laïques ont été chassés du territoire. J'étais, depuis deux ans, religieuse à Dijon. Nous y avions là un couvent, que je revois, ma chère fille, comme si je venais de le quitter pour vous parler. Voici nos bosquets d'arbres jeunes, nos bons gros tilleuls fleuris. Enfant, je voudrais, — les autres ne peuvent comprendre ces choses, et ceux qui nous les ont arrachées savent-ils qu'ils ont broyé notre cœur? — je voudrais que vous retrouviez l'enclos où ı ıs nous promenions le soir, les soirs d'été, mes sœurs et moi. Elles sont mortes, je suis la dernière. J'étais la plus jeune et dans toute ma ferveur de jeune épouse de Dieu. Cet enclos, écoutez-moi, mon enfant, vous tâcherez de le reconnaître. Il y faisait plus doux que partout ailleurs; il y avait un plan de fraisiers, des pousses jeunes que nous broutillions et un lilas nous agrippant au passage. Ceci n'est rien, mais c'était la patrie. Je ne l'ai jamais revue, et il y a soixante-dix-huit ans, et je n'ai pu m'en consoler. Quand le lilas aura refleuri, entrez dans l'enclos, coupez-y quelques branches, afin qu'avant de mourir je serre sur mon cœur un bouquet de fleurs de France. »

XV

Après la période rigoureuse où s'était illustré Remy Varannes, avait succédé une sorte de printemps fragile, mais plein de douceur et de jeune soleil sous le climat italien.

« Remy, j'ai quelque chose à vous demander, fit Divie en retrouvant son fiancé à l'hôtel de Milan.

— De quoi s'agit-il?

— Votre biplan est-il ici?

— Oui, j'ai pu trouver à Milan même des ateliers pour m'en remettre le fuselage à neuf.

— Alors emmenez-nous à bord, Remy, et descendons jusqu'à Palerme.

— Je n'ai aucun engagement, et je suis suffisamment entraîné par le circuit européen qui aura lieu en août, comme de coutume. Voulez-vous passer au-dessus de la mer Tyrrhénienne?

— Je vous remercie. J'ai fait la traversée aérienne de la Méditerrannée et de toutes les mers du Levant, répondit-elle avec une petite moue de lassitude qui aurait déconcerté les jeunes filles d'une époque plus reculée. Et, d'ailleurs, je voudrais atterrir à Rome.

7

— A Rome! quelle singulière idée! C'est un voyage si démodé qu'on ne le pratique plus.

— Cela me sourirait cependant.

— S'il en est ainsi, je vais faire ajouter deux places à mon biplan. C'est un travail de deux heures.

— Père, avez-vous jamais été à Rome? questionna Divie en se tournant vers son père.

— J'y suis passé sans m'y attarder. Cette ville ne présentait pour moi aucun intérêt particulier; c'est une sorte de musée gigantesque, de souvenirs d'un autre âge.

— Avez-vous vu le Vatican? N'est-ce point la demeure du chef de l'Église romaine?

— Oui, et ce palais a dû être en effet merveilleux, mais tombe en ruine aujourd'hui.

— Et ce chef, le pape, l'avez-vous abordé?

— Il n'a pas l'importance que tu lui accordes. Il est relégué dans sa vaste demeure délabrée, et sa puissance a beaucoup diminué depuis que le culte catholique est tombé en désuétude en France. Cependant l'Angleterre, se catholicisant de plus en plus, finira par lui redonner son ancienne splendeur. »

Une aube piquante se levait le lendemain, lorsque Remy invita Divie à monter sur son biplan.

Elle y prit placé avec assurance, bien que cet appareil de course ne présentât point toutes les sécurités de leur confortable aéroplane. Mais Divie n'y songeait guère, et, comme on atteignait l'altitude de sept cents mètres, elle se mit à enfiler ses longs gants avec un complet repos d'esprit.

Le ciel, d'un bleu profond, présentait une merveilleuse pureté quand, à midi, Remy gouverna sur Rome.

Son pavillon couleur flamme flottait à l'arrière, faisant dans l'espace une tache ardente. Le biplan s'abaissa à cin-

Leytang et Varannes se découvrirent.

quante mètres du sol, où tous les objets se détachaient avec une netteté admirable. Et le coup d'œil sur cette ville unique était si enchanteur, que Varannes ralentit la vitesse de son appareil.

Comme on volait au-dessus d'un parc à la tristesse grandiose, Divie se pencha attentivement sur le vide.

« Père, quel est ce grand vieillard blanc qui nous regarde et vient de se découvrir à notre passage? »

Varannes se pencha à son tour.

« Je connais assez Rome pour vous renseigner. Nous sommes au-dessus des jardins du Vatican.

— Le Vatican, c'est la demeure du pape?

— C'est là, en effet, qu'il réside. »

L'aéroplane courait doucement dans le ciel. Tout à coup la voix de Divie s'éleva de nouveau :

« Père, regardez donc. Le pape, c'est certainement lui, vient d'élever les mains, comme en un geste de bénédiction. Tenez, il a reconnu votre pavillon, c'est vous qu'il bénit. »

Était-ce l'émotion profonde, indéfinissable de Divie, ou l'auguste majesté du vieillard? Leytang et Varannes se découvrirent, puis l'aéroplane passa. Quelques minutes après, il atterrissait à l'aérodrome romain.

Il aurait fallu à Divie une âme moins modernisée pour comprendre ce qui restait de la Rome chrétienne. Elle entra comme dans un musée dans les riches églises, et elle eut à peine un regard indifférent pour la *Scala santa*.

Rien ne pouvait vibrer en elle des saintes émotions des âmes croyantes, et elle ne fit aucune distinction entre les sanctuaires vénérés ou le Palatin et les Thermes.

Elle était un peu lasse et désillusionnée, lorsque le soir, qui était exceptionnellement doux, elle arpenta le Pincio entre son père et son fiancé.

« Eh bien! fit Leytang en s'arrêtant pour allumer un

cigare, que dis-tu de toutes tes pérégrinations dans les basiliques visitées aujourd'hui? »

Une mélancolie involontaire monta du petit cœur païen. Avant de répondre, elle promena un regard lassé sur les terrasses de marbre et les allées somptueuses bordées de palmiers.

« Je crois, dit-elle enfin, s'attardant sur les mots comme pour mieux traduire l'impression ressentie, je crois que tout ce que j'ai vu est comme un livre écrit dans une langue étrangère que je ne puis comprendre. »

Leytang pensait repartir dès le lendemain. Son séjour à Rome lui faisait l'effet d'une promenade fastidieuse. A sa grande surprise, sa fille, en lui souhaitant le bonjour matinal, parla de l'organisation de la journée.

« Savez-vous ce qui me ferait très grand plaisir, père? Ce serait une audience au Vatican.

— Divie, tu déraisonnes. Quel attrait une semblable visite peut-elle avoir pour toi?

— La supérieure du petit couvent de Milan m'en avait parlé avec enthousiasme, et sans parvenir à éveiller en moi un très vif désir; mais, à notre arrivée à Rome, j'ai été touchée du geste du Pontife romain. Père, voulez-vous envoyer Remy en solliciteur? Il trouvera bien quelque camérier obligeant, et son seul nom lui servira d'introduction. »

Leytang ne savait pas refuser grand'chose à son unique enfant, et, dès que Remy se présenta, il lui fit part de son désir.

« Varannes, cette petite folle de Divie est en veine de pèlerinages. Elle veut nous conduire cet après-midi au Vatican. Voulez-vous vous arranger pour demander une audience? Je ne crois pas qu'elle vous soit refusée.

— Divie, fit Varannes en riant, je n'ai jamais vu une jeune fille aussi complexe que vous. Vous êtes par moments la plus sportive, la plus moderne de toutes celles que je connais. A d'autres heures, vous me reportez à un autre âge.

— Léna m'en a donné l'explication, répondit Divie d'un ton de belle humeur. J'ai en moi le mélange de deux époques, et j'en subis les contrastes. Je suis aujourd'hui sous l'influence de la plus reculée : voulez-vous en satisfaire le caprice?

— Certainement, si cela peut vous faire plaisir. »

Et, de son pas nerveux et souple, il quitta l'appartement.

Ce fut deux heures plus tard, au retour d'une promenade de Divie au Forum, qu'il put lui faire part du résultat de ses démarches.

Le pape les recevrait à 14 heures avec une vingtaine de pèlerins anglais. Il avait demandé des renseignements sur le protocole. Celui-ci exigeait que Divie se voilât d'une mantille et supprimât les gants.

Elle était vraiment charmante lorsque, à l'issue du déjeuner, elle disposa en plis gracieux la dentelle noire sur ses beaux cheveux. Dans son costume sévère, elle avait tout l'air d'une petite quakeresse.

Et ce fut ainsi qu'elle se présenta aux portes du Vatican. Un groupe d'Anglais convertis attendait déjà, lorsque les aviateurs furent introduits. On les invita à suivre les gardes-nobles venant à leur rencontre. Les Anglais, autant que Divie put comprendre, discutaient entre eux sur ce qu'ils appelaient la prophétie des papes, et ceux qui déjà avaient eu l'honneur de voir le Pontife soutenaient chaleureusement qu'il était impossible de douter que celui qu'ils allaient voir ne fût le *Flos florum* de la liste prophétique. Après lui, il ne devait plus y avoir que trois papes, et ce serait la fin du monde. Quelques instants plus tard, debout dans un salon à l'opulence déclinante, Divie, la petite athée, attendait avec ses compagnons le chef persécuté mais toujours immuable de l'Église universelle.

Elle n'était pas émue, seulement curieuse et intéressée par ce qui l'entourait. Leytang et Varannes, irréprochables dans leurs fracs, attendaient avec un ennui correct.

Il y eût un léger glissement dans les appartements voisins. Tous les regards se tournèrent vers la porte. Elle venait de s'ouvrir, et le pape s'avançait dans sa bienveillante majesté.

Ses yeux parcoururent le petit groupe, où il reconnut sans doute les signes distincts de la race d'outre-Manche, car il y passa une impression consolante. Depuis cinquante ans, la renaissance catholique en Angleterre avait fait des progrès considérables, le pays était presque converti, et cela avait été le baume versé sur la plaie vive causée par l'indifférence, puis le total abandon de la France pour Rome.

Mais la douceur triste des yeux du Pontife se changea en une joie spontanée quand, dans les aviateurs, il devina impulsivement des Français. Et, avant que le majordome les lui eût présentés, il alla vers eux.

« Mes fils! dit-il, mes chers fils! »

Leytang avait bien assuré à sa fille : « Le pape n'a pas l'importance que tu lui accordes. » Dans les profondeurs de l'âme ancienne recouverte de tout le scepticisme de son époque, quelque chose remua, et malgré lui l'aviateur s'inclina très bas.

Pour Varannes, cette étincelle n'existait plus. Il était de la jeune école, même pas impie, mais ignorante ou indifférente.

Était-ce la voix des générations saintes l'ayant précédée qui vibrait en Divie? Elle se sentit touchée jusqu'aux larmes. Le pape sourit, étendit la main dans un geste instinctif pour bénir la petite âme obscure.

Comme le groupe des pèlerins, après l'audience pontificale, visitait la chapelle Sixtine, Divie se sentit interpellée à voix basse.

« Je vous ai vu très émue tout à l'heure; mais vous n'êtes pas croyante, car vous n'avez donné aucun signe de notre foi. Il faut que vous nous accompagniez au Colisée : je suis certain, il fera impression sur vous. »

Ceci était dit en espéranto, avec un fort accent britannique. Surprise d'abord, Divie se sentit tout de suite rassurée devant la physionomie loyale de son interlocuteur.

« Je suis catholique anglican, converti depuis peu. Pardonnez-moi si je vous ai abordée; mais mon âge et la fraternité qu'éprouvent les uns pour les autres les pèlerins de Rome m'autorisaient, je crois, à vous dire ces choses.

— Aussi n'en suis-je pas offusquée, répordit Divie. Je vais faire part à mon père de votre invitation. »

Elle dit quelques mots aux deux aviateurs. Ils sourirent, et Divie, avec une simplicité gracieuse, retourna vers le vieux pèlerin.

« Nous vous accompagnerons très volontiers, si toutefois nous pouvons quitter Rome dans la soirée.

— Visiter le Colisée ne demandera pas plus de deux heures. J'y viens chaque année, et toujours avec les mêmes impressions que j'aimerais vous faire partager. »

Divie ne songeait pas à s'amuser de cet ardent prosélyte. La tête vénérable, les yeux bleus sincères et recueillis ne prêtaient pas à rire.

Leytang avait remercié le complaisant cicerone. Mais, comme on arrivait au Colisée, il laissa sa fille continuer seule la conversation; il s'isola avec Varannes dans un entretien d'un autre genre.

« Je vais d'abord vous présenter la Rome païenne, commença le vieillard; ensuite, la Rome chrétienne. Avez-vous des connaissances de la religion catholique?

— Très peu; mais l'épopée romaine ne m'est pas inconnue. Je puis vous comprendre.

— Pour se bien pénétrer de ce qui nous entoure, il faut se reporter de dix-neuf cents ans en arrière. Nous faisons partie de cette foule se rendant aux jeux du cirque, nous entrons. Voici l'arène où vont combattre les gladiateurs. A niveau du sol, ces portes de fer basses et massives recelant les bêtes féroces renfermées par centaines; le podium, surmonté d'une grille d'or qui va défendre les sénateurs contre leurs attaques redoutables.

« Vous foulez ce sol qui se rougira de sang. Voyez, les gradins sont prêts à recevoir la foule. La voilà qui arrive, écoutez sa rumeur. Tenez, elle fait irruption de tous côtés, on dirait un flot humain envahissant tous les degrés de l'amphithéâtre.

« On n'attend plus que César. Le voici. Entendez-vous le tonnerre d'acclamations ébranlant l'édifice dans ses fondements? Les gladiateurs viennent de saluer l'empereur, la lutte est commencée, le sable est déjà rouge.

« Mais quels sont ces gens s'avançant, calmes et doux? Pourquoi ont-ils tant de paix dans les yeux, tant de rayonnement sur le visage? Pourtant ils ne doivent rien espérer de la clémence impériale ou de leur habileté de combattants!

« Ils sont voués à la mort. On ne remportera d'eux qu'un souvenir d'os broyés et de lambeaux sanglants.

« Ce sont des martyrs. Tenez, avançons-nous, imaginons-nous faire partie de leur troupe : d'ici nous ne sortirons pas vivants, nous allons mourir pour affermir notre foi.

« N'ayons pas peur : il y a, parmi les chrétiens nos frères, des êtres plus faibles, plus jeunes, plus débiles que nous, ne tremblant pas. Que viennent-ils de dire en passant devant

la loge de César : « *Ave, Cesar, morituri te judicabunt!*
César, ceux qui vont mourir te jugeront. »

« Tombons à genoux, les uns pressés contre les autres,
sur cette terre qui n'a plus que quelques instants à nous
recevoir. Entendez-vous les fauves qui rugissent, la foule qui
clame ?

« Pourquoi nos voix trembleraient-elles en chantant notre
dernier cantique? parce que les portes des cages viennent
de s'ouvrir? parce que les fauves s'avancent, s'approchent,
se tapissent,... prêts à s'élancer? Qu'importe! ce n'est qu'un
court instant, c'est le martyre!... Mon Dieu, reçois mon âme
dans tes parvis éternels. »

Le livre fermé de la veille venait de s'entr'ouvrir pour
Divie. Elle n'en avait lu qu'une page.

L'achèverait-elle un jour? et emporterait-elle, à vingt
siècles de distance, un peu de la grande foi des martyrs ses
frères dans son âme incroyante?

* * *

XVI

Ce fut environ trois semaines après son retour d'Italie
qu'il fut donné à Divie de connaître l'âme de la vieille
France, de cette France toujours brillante, inventive, géniale,
mais dont le cerveau avait absorbé le cœur. Il battait ce

cœur, faiblement sans doute, mais il battait, ou du moins il pouvait battre encore.

Ce qui l'avait oppressé, ce qui en avait arrêté les élans splendides remontait environ à quatre-vingts ans. Il n'avait pas été broyé, seulement desséché; et ce dessèchement se pratiquait dans les écoles sans Dieu et sans patriotisme.

Ii y avait d'abord eu quelque révolte, peu de chose. On n'avait pas en France, à cette époque, la volonté de vouloir, et ceux qui voulaient loyalement ne l'avaient point fait en masse, divisés par des mesquineries de vanité, de prédominance, de caste, de parti.

En attendant, le mal s'était imposé progressivement, sans que l'on songeât ainsi à s'indigner.

Trois générations d'école sans Dieu avaient créé la France d'alors, l'armée d'alors, ayant encore du courage, celui-ci n'étant nulle part mieux chez lui qu'en France, mais une armée sans discipline, sans respect et par conséquent sans réelle valeur militaire.

On avait donné au soldat de l'an 2000 des canons légers, silencieux, envoyant la mort de cinq lieues; un fusil à tir rapide, d'un perfectionnement idéal; un uniforme pratique, discret, sous lequel ne battait plus un cœur soumis, endurant.

C'était cette armée que Divie connaissait. Pour tout dire, elle n'avait guère approché que l'artillerie aérienne créée depuis 1930, ceci à cause des relations de son père. Aussi fut-elle un peu surprise quand, un matin, Leytang lui amena au déjeuner un capitaine d'infanterie, raide, les cheveux coupés ras, sans souci de la mode, le type par excellence de l'officier d'antan.

Son uniforme différait peu de celui porté cent ans plus tôt; mais les galons étaient remplacés par des étoiles.

Le capitaine Vincent en avait trois, bien qu'il dépassât la cinquantaine. C'était un obscur, sans doute.

Divie était trop habituée à un cercle brillant pour que son attention fût longtemps retenue par l'humble officier, et elle suivait la conversation avec un intérêt languissant. Vincent était un piètre causeur, bien que Leytang se plût à lui rappeler leur passé longtemps commun.

« Tu n'as jamais eu la pensée d'entrer dans l'artillerie aérienne? demanda-t-il à brûle-pourpoint. C'est pourtant l'armée de l'avenir, celle qui soulève tous les enthousiasmes. »

Les yeux ternes de l'officier s'animèrent soudain, son front étroit sembla s'illuminer, tandis qu'il ripostait d'une voix aux vibrations contenues :

« Ce que je vais te répondre, Leytang, va te surprendre, toi un progressiste. Tu me demandes pourquoi j'ai préféré être toute ma vie un simple pousse-cailloux. La patrie, vois-tu, est représentée brillamment par les officiers aviateurs et même l'artillerie de terre, à cause du perfectionnement de ses engins de guerre; mais les petits soldats, ceux qui passent sans éclat dans la poussière des routes, ceux-là, les humbles, me sont plus chers. Je sais bien ne pas avoir été compris, et d'ailleurs je ne pouvais l'être. J'avais fait un rêve trop beau, il m'a coûté tout mon avenir militaire. J'aurais voulu leur inculquer à ces petits soldats, que ne grisent ni les courses aériennes, ni le maniement des canons superbes, l'amour de la patrie. J'avais à faire à des indisciplinés, car tout prolétaire en France aujourd'hui possède une âme de barricadier. J'allais à eux comme un frère, mais je n'ai pas su les conquérir. J'en ai gagné quelques-uns, mais si peu! Il me manquait quelque chose pour les convaincre, je ne sais quoi. Je l'ai cherché si longtemps sans succès! La patrie pour eux, vois-tu, Leytang, ce n'était plus le coin de terre, le sol très cher du pays même et la fierté de lui appartenir; c'était l'amour du bien-être, la liberté réclamée à outrance. Nous n'avons point eu de guerres européennes depuis 1870. Je ne sais pas ce que nos soldats mutinés auraient donné, des assauts de courage sûrement, mais aussi des lassitudes et des rébellions désastreuses. Faut-il regretter alors les conciliations de nos politiciens dont nous avons souvent rougi? Tiens, Leytang, ne me le demande pas à moi qui n'ai vécu que pour une revanche, qui n'aurai ambitionné que de mourir pour la France, même sans éclat, sans gloire, comme un pauvre petit officier dont personne ne sait le nom. »

Divie ouvrait de grands yeux. Elle aimait la France, sans doute; mais, cosmopolite passionnée, elle suivait difficilement Vincent. D'ailleurs, comme toute la génération actuelle et celles qui avaient précédé, elle avait fait des études histo-

riques sèches, sans enthousiasmes, erronées le plus souvent
ou du moins rabaissées, selon la méthode du temps
remontant déjà à loin.

Seulement, — et Varannes eût souri, — la vieille race qui
était en elle écoutait attentive.

Comme on repassait au salon, Divie fit quelques questions,
et Vincent, le vieux soldat, eut l'insigne honneur et l'émotion
beaucoup plus douce, lui qui jusqu'alors à l'exposé de son
rêve n'avait trouvé que d'ironiques sourires, de rencontrer
le beau regard intéressé et sincère de la jeune fille.

Le soir, Divie dit à son père :

« Il m'a paru un peu étrange tout d'abord, ton capitaine
Vincent; mais c'est un brave homme.

— Un illuminé, » fit Leytàng en haussant les épaules.

L'aviateur n'était pas antimilitariste; c'était un sceptique,
voilà tout. Et ils étaient légion.

Bien qu'ils ne pensassent pas de même, Vincent et son
ami aimaient à se rencontrer. Souvent le capitaine attendait
l'aviateur, sans cesse au dehors. Divie lui tenait alors com-
pagnie, et il s'était mis à aimer paternellement cette enfant
moderne. Il avait pourtant horreur du progrès, et chez Leytang tout était actualité, depuis l'ascenseur mû par l'électricité, l'ameublement très américain, jusqu'à la petite maî-
tresse de maison, l'accueillaient avec le langage du temps.

Ils étaient maintenant de vieilles connaissances, et ce jour-
là, en le voyant arriver, pâle, l'air égaré, Divie questionna
amicalement :

« Eh bien ! capitaine, qu'est-ce qu'il y a ?

— Leytang est-il ici ?

— Non ; il est sorti, ayant une journée très remplie. »

Le vieux soldat s'assombrit :

« Je suis dans une si angoissante situation ! dit-il, hachant les mots. Des papiers militaires qu'on m'avait confiés m'ont été dérobés et, pour ajouter l'amertume à l'anxiété la plus cruelle, des plans auxquels j'ai consacré vingt-cinq années de ma vie.

— Et vous vouliez prévenir mon père ?

— Je voulais lui demander de me conduire à Meaux sur son monoplan le plus rapide.

— Vous avez donc des soupçons ?

— Très fondés. C'est un Israélite que je fréquentais depuis peu.

— C'est bien, capitaine. Je vais téléphoner à mon père : il doit être à son chantier d'aviation. »

Gentiment elle marcha vers le téléphone placé dans un coin de l'appartement, décrocha l'appareil, qui conservait l'apparence de ceux de 1910, mais avait reçu un perfectionnement merveilleux, et demanda communication.

Et, pendant qu'elle attendait, elle se tourna vers Vincent.

« Si, par hasard, mon père était absent, je téléphonerais à mon fiancé, à moins que vous ne préfériez prendre un aérotaxi. Il y a une station à cent mètres d'ici.

— Non, je vous en prie, pas cela. Je ne puis dévoiler la démarche que je vais faire. »

Il s'écoula quelques minutes : on n'entendit que la rumeur très assourdie de la chaussée, dont une composition ingénieuse atténuait le roulement continu, et, seul, le passage rapide des aérotaxis dont Divie avait parlé rompaient cette vague rumeur de leurs appels stridents.

La sonnerie téléphonique vibra. Divie porta vivement le récepteur à son oreille.

« Mon père n'est pas au chantier d'aviation ; mais à l'aérodrome il y a un téléphone. »

De nouveau elle demanda communication. Le temps très bref qui s'écoulait paraissait interminable à Vincent, et Divie regardait avec pitié l'attitude affaissée de l'officier.

Elle se pencha de nouveau sur l'appareil.

« Pas de chance, dit-elle, on ne l'a pas vu à l'aérodrome. Je vais demander à Remy. »

Mais le jeune aviateur n'était pas chez lui, et Divie raccrocha le récepteur avec un petit bruit sec semblant dire : « Il n'y a plus rien à faire. »

Vincent s'était levé.

« Je vous remercie, dit-il d'une voix éteinte, et je vais vous dire adieu. Mon honneur de soldat est si gravement compromis, je ne sais quand je vous reverrai. »

Il eut un geste de désespoir en marchant vers la porte.

« Je ne croyais pas finir comme cela ! »

Il y avait tant de douleur chez ce simple représentant de la vieille France qu'il lui avait appris à aimer, que Divie en fût émue.

8

« Attendez! »

Il était déjà parti. A cet appel il se retourna.

« Je voulais vous dire : Voulez-vous vous fier à moi? Je ne suis pas trop mauvais pilote, ayant été bercée dans ce nid. Ce sera peut-être la centième fois que je conduirai un aéroplane. Nous en avons un très léger, qui est en permanence sur la terrasse d'atterrissage de la maison.

— Vous feriez cela?

— Sans doute, pour qu'on ne dise pas demain qu'un officier français ait pu se vendre.

— Je savais bien qu'il y avait en vous l'étoffe d'une petite patriote, lorsque vous écoutiez si bien tout ce qui faisait la gloire du pays. Montons.

— Le temps de prévenir les domestiques, pour que mon père ne soit pas inquiet s'il rentrait. »

Deux minutes plus tard, ayant jeté à la hâte un vêtement sur ses épaules et coiffé une casquette d'aéronaute, elle entrait avec Vincent dans l'ascenseur, pressait le bouton électrique et atteignait le belvédère.

C'était un après-midi de mars : un gai soleil inondait la terrasse élégante, disposée comme toutes celles des habitations voisines; car, à part quelques maisons dans les vieux quartiers, toutes en étaient pourvues, ce qui donnait à la vaste cité l'aspect d'une ville algérienne. D'un geste expert, Divie procédait aux différentes opérations du départ; puis, d'un petit commandement bref, déjà toute à ses fonctions, elle enjoignit à Vincent de s'asseoir sur un des sièges légers.

Il l'admirait si crâne, ses fins sourcils froncés, et tout à coup il sentit l'aéroplane s'enlever, planer un instant dans la douceur du printemps parisien; puis Divie s'orienta et pointa dans la direction de Meaux.

Maintenant son visage se détendait. D'un geste très aisé, elle manœuvrait le volant.

« Nous serons à Meaux dans une demi-heure.

— Savez-vous, dit Vincent, que c'est renversant, votre façon de conduire?

— Pourquoi donc? Beaucoup de femmes pratiquent l'aéroplane. C'est un sport très à la mode, et il faut de la bonne volonté pour se casser le cou. »

Tout en gouvernant, elle lui donnait des détails techniques.

« Tenez, par exemple, je vous disais tout à l'heure qu'une chute était difficile. Elle pourrait se produire si j'appuyais trop fort sur ce bouton d'acier, ce qui accélérerait violemment la descente. »

Elle posa le doigt sur l'endroit indiqué, et l'aéroplane sembla s'engouffrer dans le vide.

« Quelle horrible sensation! » fit l'officier.

Mais aussitôt l'aviatrice, par une manœuvre contraire, reprenait l'altitude première, et ils continuaient dans l'espace leur course glissante de cygne.

Vincent s'était laissé distraire par la beauté du voyage aérien; mais, comme on approchait de Meaux, l'angoisse de sa situation le ressaisit.

Divie, à ce moment, ralentissant l'allure de son aéroplane, se tournait vers lui et demandait :

« Quelle direction dois-je prendre, et où se trouve l'habitation où vous voulez atterrir ? »

L'officier réfléchit.

On était maintenant assez rapproché du sol pour s'orienter facilement. Dans la lumière, les champs se découpaient comme des mosaïques ; mais surtout les villas abondaient. La campagne, si on pouvait appeler campagne ce faible espace cultivé existant encore, était de plus en plus envahi par des constructions de tous genres.

Tel champ que des ancêtres auraient voulu revoir avait disparu, remplacé par une route pour les automobiles.

Et ce n'était pas parce que l'expropriation se pratiquait dans des conditions avantageuses que la campagne s'anéantissait peu à peu ; c'était autant par la désertion de la terre. Et on avait vu des paysans abandonner leurs champs par dégoût, et s'en aller vers les villes chercher une existence plus factice et plus malsaine.

« C'est par ici, dit tout à coup Vincent.

— Alors, très bien. Nous allons descendre sur cette surface plane que j'aperçois. »

Le capitaine éprouva une sorte de vertige de cet abaissement continu. Il y eut ensuite un très léger choc. Divie sauta à terre, immobilisa l'appareil et tendit la main à Vincent.

« Vous êtes un peu étourdi ? Ce malaise va se dissiper à

la marche. Je vais vous attendre ici. A quelle heure pensez-
vous revenir?

— Je l'ignore. Tout cela dépend de la vivacité de notre
explication ou de la mauvaise foi de mon adversaire, et
je suis si désolé d'abuser de votre extrême complai-
sance!...

— N'en prenez nul souci. Ce site est ravissant, et je n'ai
pas tous les jours de bonne fortune champêtre. »

Elle s'assit sur l'herbe et regarda autour d'elle avec satisfaction. Une paix où elle ne se retrempait pas habituellement
émanait des haies, des arbres, des sources, en même temps
qu'une sorte d'étonnement de se sentir au repos. C'était
comme si quelque chose en elle se fût apaisé au sortir de sa
vie trépidante. Elle appuya sa tête charmante contre le
grand oiseau blanc et goûta cette heure de détente dans
toute sa plénitude.

Maintenant le soleil commençait à s'éteindre; un frisson
passa au ras des herbes, avec le soir qui revenait.

Plusieurs fois, Divie avait regardé l'heure à la montre
incrustée dans l'appareil. Parti de Paris à 14 heures,
il pouvait en être 17. Une sorte d'inquiétude la prit :
qu'était-il advenu de Vincent?

Elle porta la main au-dessus de ses yeux, pour apercevoir
le capitaine. Elle crut enfin deviner son uniforme. En même
temps un aéroplane passa au-dessus d'elle.

Ne sachant trop à quelle intuition elle obéissait, Divie
courut à son appareil, le mit en état de partir. Et sou-

dain Vincent, épuisé d'une course violente, surgit à ses côtés.

« Il fuit. L'avez-vous vu passer tout à l'heure? Il m'a indignement joué en emportant les papiers que je venais lui reprendre. Tout est perdu, il n'est plus qu'un point à l'horizon!

— Nous pouvons le rejoindre.

— Ce serait une folie!

— Non, tout au plus une témérité. Et maintenant montez, je suis prête. »

Elle parlait avec une telle décision, que Vincent, subjugué par son accent, posa machinalement le pied sur l'appareil. Divie sauta après lui; ses petites mains s'appuyèrent sur le volant, se posèrent sur l'accélérateur, et ce ne fut bientôt plus l'envolée gracieuse du premier départ, mais une course effrayante, vertigineuse.

L'aéroplane fendait l'air, qui leur sifflait aux oreilles avec un bruit semblable à celui d'un express dévalant à toute vapeur. Par moments, le monoplan faisait des bonds prodigieux. Vincent éprouvait une véritable souffrance de ces sensations imprévues; le souffle lui manquait, il haletait visiblement.

Pour Divie, penchée sur son volant, la tête tournée à l'encontre du vent, le visage un peu plus rosé que de coutume, elle ressemblait à une petite fée aérienne, parfaitement à l'aise dans son élément.

Le regard de Vincent ne distinguait plus l'aéroplane poursuivi; mais Divie, habituée à sonder les incommensurables espaces, gouvernait sans hésitation sur ce qui était invisible pour son compagnon.

Peu à peu le crépuscule commençait à estomper la terre; les arbres se drapèrent de nuit, et l'aviatrice, tournant un commutateur, alluma les phares de l'appareil, ressemblant à une gigantesque phalène.

A mots coupés, Vincent avait expliqué :

« Rudaïl, après s'être emballé, a paru capituler devant les menaces que je lui faisais. Il m'a dit de l'attendre, qu'il allait chercher les papiers en question et me les remettre. Bientôt j'ai entendu un bruit d'ailes au-dessus de la maison. J'ai ouvert la fenêtre, et j'ai compris la fuite du misérable... »

Un peu après il demanda :

« Où sommes-nous en ce moment?

— Nous venons de passer au-dessus de Château-Thierry. Nous gagnons de l'espace... Nous accosterons Rudaïl? » demanda Divie.

Et elle ne semblait éprouver nulle frayeur de la lutte possible. Vincent était renversé.

« Quelle gaillarde! » songeait-il.

Bientôt cette course fantastique prit un caractère plus tragique. Dans la nuit, les aéroplanes se poursuivant avaient l'air de deux fantômes lumineux. Maintenant ils n'étaient plus distants que de cinquante mètres.

Vincent posa sa main sur celle de Divie.

« N'allez pas plus loin, mon enfant. Je ne veux pas vous exposer à la mort. »

Divie répondit paisiblement :

« Êtes-vous armé, au cas où nous aurions à nous défendre?

— Oui; mais je n'engagerai pas la lutte.

— A cause de moi?

— Sans doute. »

Elle répondit, ne tenant aucun compte de ce que venait de lui dire Vincent :

« Lorsque nous allons aborder, tenez-vous ferme. Attaquez du bras droit, et, sous aucun prétexte, ne lâchez du bras gauche votre point d'appui.

— Et vous croyez que je consentirai à vous exposer? Jamais!

— Empêchez donc mon monoplan d'avancer. »

Vingt mètres,... dix mètres. Il était facile de voir Rudaïl se détourner sur sa sellette. Sans en prévenir son compagnon, dans le fracas de la course, Divie crut sentir le froid d'une balle lui effleurer la tempe. C'était un drame solennel que celui se jouant dans cette nuit de mars.

Divie dit brièvement :

« Garde à vous. »

Mais, au moment où les deux aéroplanes allaient s'accoster dans une étreinte peut-être mortelle, on vit celui de Rudaïl capoter plusieurs fois et s'abîmer dans les ténèbres.

Sans hésitation, Divie y descendit à son tour.

Lorsque, après deux minutes d'angoisse, l'aéroplane tou-

cha le sol, on vit celui de l'Israélite disloqué et brisé. Les
phares en étaient éteints. Divie ôta les siens, et s'en servit

Mais, au moment où les deux aéroplanes allaient s'accoster dans une étreinte
peut-être mortelle...

comme d'un flambeau, à l'approche de la forme humaine
gémissant sur la terre humide.

« Il n'est pas mort, capitaine. Une jambe brisée, je crois.

Je vais aller chercher des secours. Prenez ce qui vous appartient, je reviens à l'instant. »

Elle s'éloigna dans la direction d'une maison voisine.

Peu après, un groupe entourait le blessé. Lorsque Divie ne se sentit plus nécessaire, elle fit signe à Vincent, et tous deux remontèrent sur leur monoplan.

« Il est inutile que l'on vous voie plus longtemps ici. Ce malheureux aura tous les secours désirables. Par une chance incompréhensible, il n'est que légèrement blessé. »

Et, tandis qu'ils s'enlevaient dans les airs, Vincent, serrant le portefeuille renfermant le travail de toute sa vie et son honneur de soldat, lui disait sa reconnaissance sans limite.

« Laissez donc cela, capitaine. Nous allons faire diligence. Mon père doit se demander ce qui nous est arrivé. »

Trois quarts d'heure après, alors que ce qui eût été 8 heures dans les temps reculés sonnait à tous les monuments publics, Divie gouvernait au-dessus de Paris.

Ce n'était plus l'obscurité de la campagne, mais la grande lumière aveuglante, récemment découverte, faisant de la grande ville une cité phosphorescente.

Ce fut dans cette lumière que la petite aviatrice atterrit sur la terrasse. Leytang les y attendait.

« Où diable, ma chère Divie, as-tu emmené mon vieux Vincent?

— Je vous expliquerai cela tout à l'heure. »

Elle fixa l'aéroplane à un anneau, éteignit les phares, et,

au retour de cette course fantastique qui eût revêtu pour les gens d'autrefois une apparence de cauchemar, elle dit en passant son bras sous celui de Leytang :

« Et maintenant, allons dîner. Nous sommes horriblement en retard ! »

<hr>

XVII

Une haute maison semblable à un cube de pierre percé de trous réguliers, un jardin étroit sans poésie, juste la place d'un rosier et d'une cage à tourterelle dont le chant mélancolique ponctue les journées d'été; une maison de faubourg enfin.

Divie se fût-elle jamais figuré Vincent dans ce cadre, et lui-même en voyait-il la banalité?

Avait-il imaginé une autre demeure plus intime, plus joyeuse? Son rêve démodé, sa pensée unique, absorbée, son austérité de soldat avait-elle besoin de plus de confort? Non, sans doute, puisqu'il vivait sans révolte dans cet hôtel meublé. Son cœur ne se serrait point dans les soirs solitaires; sous la lampe étrangère, sa pensée gardait le même rayonnement, et son travail le même attrait.

Il eût été surpris qu'une main amie se tendît quelquefois vers la sienne pour l'encourager. Il vivait, travaillait, se reposait seul. C'était un type oublié de soldat à l'âme militaire et rude qui, héros en temps de guerre, n'était dans la vie, pour ceux qui passent vite, qu'un maniaque et un terne soldat.

Les hommes mêmes ne le comprenaient pas, lorsque dans l'ardeur de son âme vibrante il aurait voulu les entraîner, leur mettre un peu de patrie auc œur. Ils le traitaient d'assommoir, quand avec une conscience scrupuleuse il leur faisait répéter vingt fois le même exercice. Et Vincent, en attendant de recommencer le lendemain avec la même inlassable patience, la même conviction inébranlable, se réconfortait, le soir, dans la tâche laborieuse commencée depuis vingt-cinq ans. Il avait besoin de ce réconfort, ayant depuis longtemps à subir l'hostilité sourde de ses chefs.

Vincent les exaspérait avec sa vieille méthode, et le capitaine s'était souvent demandé ce que seraient devenus leurs rapports, si la petite Divie Leytang n'était pas une fois intervenue avec son héroïsme tranquille.

Vincent rentrait, par un après-midi torride, d'une marche forcée. Il était presque le seul fidèle de la maison désertée, de la maison insipide, où le soleil dardait implacablement sur les murs blancs. Il avait retiré ses gants, posé son sabre sur la table. Un coup fut frappé à la porte.

« Entrez, dit Vincent.

— Mon capitaine, j'apporte une lettre. Je suis déjà venu sans trouver personne; mais comme c'était quelque chose d'officiel, j'ai pensé que c'était pressé.

— Tu as bien fait, répondit Vincent, qui tutoyait tous les soldats. Attends un peu. »

Il décacheta la lettre et commença à la lire debout. Lorsqu'il l'eut achevée, Vincent alla à son armoire, où s'alignait soigneusement son linge. Longtemps il chercha. Quand enfin il se retourna, le petit soldat aperçut un visage subitement vieilli, ravagé, méurtri.

« Tiens, prends cela, fit Vincent en tendant cinq francs.

— Non, c'est trop, mon capitaine. Puis il ne m'appartient rien.

— Prends toujours. Tu les boiras avec tes camarades à ma santé, comme adieu. »

Il faisait un grand effort pour trouver ces mots banals.

« Vous sentez-vous malade, mon capitaine? demanda l'ordonnance.

— Non, un malaise insignifiant. A présent va, je veux être seul. »

Il écouta le bruit des talons habitués à scander la marche martelant l'escalier, et soudain il vint s'abattre, s'effondrer sur sa table.

« Ma démission! on m'envoie ma démission, à moi, un pauvre capitaine de rien et qui ne demandait pas plus de gloire pour être heureux! Je ne pense pas comme eux; j'ai pu leur paraître ridicule, exprimer rudement ma pensée, mais pas au point de me casser dans huit jours. Le temps de me classer comme un inutile, et je ne ferai plus partie de l'armée! »

Toutes les humiliations qu'il avait reçues, l'obscurité où on l'avait laissé, ne lui étaient plus rien devant l'épreuve poignante.

Et pendant huit jours on le vit encore au quartier. Il avait terriblement changé pendant cette dure semaine. Il le sentait bien, et il en éprouvait un allègement douloureux.

« Je n'en ai plus que pour peu de temps! Je me sens pris au cœur, comme l'année dernière. Tant mieux! »

Il ne se serait pas soigné pour rien au monde. On avait brisé en lui le ressort suprême de la vie. Depuis longtemps Vincent, tout en redoutant ce qui était arrivé, ne croyait pas que les choses iraient si loin.

Ainsi c'était sa dernière journée de soldat, celle où il rentrait, le pas incertain.

Il ouvrit la porte de sa chambre et se laissa tomber, défaillant, sur une chaise. Il étouffait. Lui, toujours si correct dans sa mise, arracha sa tunique.

« Je me sens mal! Cette soirée est si atroce! »

Une sueur glacée perlait à ses tempes. A chaque palpitation, son cœur semblait retomber dans sa poitrine; puis une lassitude infinie lui vint, et, se traînant jusqu'à son lit, il s'y jeta épuisé.

Le soir était tout à fait tombé. Dans le petit jardin brûlé, la tourterelle chantait plaintive. Le capitaine l'écoutait avec un ironique désespoir. Combien sa vie lui paraissait mesquine et douloureuse! S'il pouvait s'en aller! si la crise qu'il sentait venir, et dont il connaissait toute les phases mortelles, l'emportait! Il n'en éprouvait point de regrets, rien qu'un peu de pitié pour ce pauvre vieux Vincent qui partirait si tristement.

Il ne voulait personne pour l'aider à mourir; mais ce qu'il redoutait, c'est qu'on le retrouvât dans l'état où il était. Et, rassemblant un reste de courage, il se leva, passa devant la glace de bazar son uniforme des grands jours, attacha à son côté l'épée qu'il ne porterait plus et s'étendit, stoïque, sur son lit étroit de soldat.

Un peu de sommeil vint; mais, au milieu de la nuit, il s'éveilla. Une grande faiblesse avait remplacé l'agitation de la veille; sa respiration courte, saccadée, annonçait que le cœur s'arrêterait bientôt, impuissant. Mais, dans l'agonie courageuse du corps, la pensée de Vincent restait vivante.

Il refaisait en ses dernières minutes la revue douloureuse de sa vie. Il revoyait le petit jardin lorrain où il avait couru tout enfant, la mère tendre, morte lorsqu'il avait vingt ans...

« A présent je n'ai personne! » murmura-t-il.

Il allait partir ainsi comme un chien, s'enfoncer dans le néant sans avoir eu un pauvre dédommagement. Il se tourna contre le mur farouche, en attendant la mort.

Mais, dans une vision de douceur, le passé se leva, et il pensa à la mère, partie dans l'espérance et la paix.

Que lui avait-elle enseigné? Il ne se souvenait plus, il ne savait plus, et pourtant il essaya de se rappeler de pauvres mots, des miettes de prières, et ne put pas. Depuis trop longtemps il avait désappris.

Alors, dans sa bonne volonté défaillante, de sa main alourdie par la mort, dans un geste de suprême respect, il fit à Dieu son dernier salut de soldat.

. .. .

Quelques jours après, par hasard, Divie apprit la mort du soldat. La pensée lui vint, faite de pitié et d'un autre sentiment qu'elle ne parvenait pas à analyser, d'aller rechercher quelque chose de lui au champ funèbre remplaçant le cimetière, et au milieu duquel s'élevait la masse énorme, repoussante, du four crématoire. Car, depuis plus d'un demi-siècle, les cimetières avaient été interdits. On avait abattu les croix et supprimé les chapelles qu'on avait cru élever à perpétuité sur le corps des chers défunts. Et maintenant, sans distinction, les cadavres se brûlaient. Les plus riches obtenaient de recueillir les cendres dans des urnes; les poussières anonymes étaient abandonnées au gré du gardien.

Divie sut ainsi qu'on avait incinéré le héros avec quelques pauvres, et que leur cendre avait été répandue dans l'enclos. L'expression glaciale du crémateur, qui racontait ces choses naturellement, révolta Divie. L'indignation empourpra tout d'un coup son visage, en même temps qu'un souvenir lui remplissait le cœur : elle revoyait là-bas, dans un coin de Bretagne, sauvé du massacre général, grâce à son isolement, un cimetière et une tombe, la tombe des ancêtres, où, avec Allan et sa sœur, pour la première fois elle avait rêvé d'un passé disparu.

XVIII

Le mariage de Divie devait avoir lieu l'été suivant, qui était proche.

Puisqu'elle ne serait jamais la femme d'Allan, il était à souhaiter qu'il y eût entre eux quelque chose d'irrévocable.

Léna le pensait ainsi en voyant le printemps s'achever à Pont-Aven. Elle avait essayé d'oublier la jeune fille et de mettre le même sentiment dans le cœur d'Allan.

Lorsqu'une lettre de Divie parvenait à Plouarec, le frère et la sœur l'échangeaient en silence. Pourtant, un jour, Léna dit en pliant le bristol où la jeune fille avait consigné une invitation pressante pour un meeting d'aviation :

« Nous n'irons pas, Allan, bien que Divie puisse s'en trouver froissée. »

Il resta sans mot dire, puis questionna :

« M. Varannes figure à ce meeting?

— Oui. Je me souviens, Divie m'en avait parlé. Il aurait voulu attendre le retour de notre oncle Leytang; mais celui-ci se trouvait retenu à San Francisco. »

Léna, depuis, songea très souvent à cette fête qui se préparait. Elle n'aurait pas aimé y aller; elle ressentait plutôt

9

une âpre douleur jalouse, qu'elle aurait voulu chasser à l'idée du triomphe de l'intrépide Varannes. C'était lui qu'on attendait à cette fête de Reims, lui à cause de sa jeunesse, de son renom, peut-être des fiançailles le liant à la charmante fille de Leytang.

Divie arrvai en automobile. Bien que son père fût absent, elle était, ainsi que l'avait dit Léna, assez entourée pour ne point sentir l'isolement. Cependant elle eût désiré sa présence : son père demeurait sa véritable affection.

A 4 heures, elle entrait à l'aérodrome. Elle visita les hangars où étaient remisés les aéroplanes de courses. Celui de Varannes attendait lui aussi, fin comme une voilure de goélette. Il ne vint pas à la pensée de Divie que Remy exposait sa vie, tant elle était familiarisée avec ce domaine aérien où elle-même avait atteint avec son père des altitudes effrayantes.

Après avoir serré la main des aviateurs présents, elle se dirigea vers les tribunes.

Elle était infiniment attrayante, dans cet après-midi où tous les hommages allaient vers elle.

Comme la jeune fille levait les yeux, elle vit qu'on venait de hisser la flamme rouge :

« On va voler, » dit-elle sans tressaillement aucun.

Elle tendit aussitôt la main à son fiancé, qui s'inclinait devant elle.

« Je vous souhaite un très brillant succès, Remy. Vous êtes satisfait de votre appareil ?

— D'une façon absolue. C'est un biplan de course ne pouvant d'aillleurs servir qu'à cet usage, ce qu'il fait incomparablement.

— Ce n'est pas vous qui débutez ?

— Le troisième. »

Et l'aviateur s'appuya à la tribune.

La première course s'acheva.

« Ma chère Divie, je vous quitte. Nous nous retrouverons ce soir à l'hôtel, avec vos amis.

— A bientôt, Remy. Tenez-nous le record! »

Il s'éloignait, déjà tout au vol qu'il allait entreprendre.

La seconde course n'éveilla pas une attention très marquée; mais quand le signal bleu fut hissé à la vergue d'un mât, toutes les mains battirent, car c'était celui de Varannes.

Dans le grand silence qui suivit, on entendit le halètement du moteur, et soudain de larges ailes blanches sortirent du hangar.

« Voici le biplan de Varannes! » cria-t-on.

Il était déjà monté sur la selle étroite, la main sur le volant.

L'aéroplane apparut ainsi qu'un oiseau apeuré sur le sol; puis il commença à monter obliquement, avec une si admirable légèreté qu'un tonnerre d'applaudissements l'acclama au passage. Déjà il se perdait dans les nuages; mais bientôt il revenait se poser sur terre, pour repartir.

On n'avait pas trop présumé de l'aviateur. Si blasé que l'on fût, ce qu'il accomplissait tenait du prodige.

Comme il s'enlevait pour la quatrième fois, Divie dit en tirant sa montre :

« Nous ne le reverrons pas avant quinze minutes. »

Et elle se mit à causer des chances certaines de succès avec son entourage.

« Cinq minutes, dix minutes d'écoulées, » disait-on autour d'elle.

Elle inclinait la tête avec un sourire, et, comme on venait de compter la quatorzième minute, elle se tourna vers l'ouest.

« Voici le chemin du retour. »

Pourtant vingt minutes se passèrent sans que l'on vît rien apparaître. Il n'y avait pas de temps perdu, et ce retour ne pouvait donner lieu à aucune inquiétude.

« Remy fait l'école buissonnière, » dit-elle en riant.

La vingt-cinquième minute s'écoula. Sans qu'elle s'en aperçût, on commença à échanger des signes d'anxiété.

« Je vais voir quel est le dernier point où le biplan de Varannes a été signalé, » dit à mi-voix un des membres du comité.

Il n'en eut pas le temps. Une automobile, lancée à toute vitesse, traversait la piste et venait s'arrêter devant les tribunes.

« Mademoiselle Leytang? »

Divie se pencha avec angoisse au dehors.

« On vient me chercher, il est arrivé un malheur! dit-elle en pâlissant.

— Le biplan a capoté dans un champ. Nous allons vous conduire près de M. Varannes. »

Elle porta ses deux mains à sa poitrine.

« Remy est mort?

— Non. Il est impossible qu'on le sauve. On va le transporter à l'hôpital voisin. »

Divie s'était déjà élancée dans la voiture. Elle ne pleurait pas, se tenant rigide sur les coussins.

Un grand tumulte se faisait dans l'aérodrome. Des autos se dirigeaient déjà à toute allure vers le lieu de l'accident; mais celle où était Divie les dépassa, puis ralentit soudain sa vitesse, et s'arrêta à l'entrée d'un champ.

L'aviateur y était encore; des médecins l'entouraient. L'un d'eux se détacha du groupe et vint au-devant des arrivants.

« Est-ce Mlle Leytang?

— Oui, c'est moi, répondit Divie. Est-ce que.., est-ce que tout est fini?

— Non, pas encore. Il peut vous reconnaître. »

Elle descendit, foulant les avoines d'un pas rapide.

Là-bas, le biplan s'écrasait sur le sol. L'hélice n'existait plus; tout avait été broyé, anéanti dans l'effroyable chute.

Et Varannes était là, étendu, les yeux clos, le visage baigné du sang qu'on n'arrivait pas à étancher.

Sa veste, déchirée, laissait deviner d'affreuses blessures, et la crispation des traits, l'effort que lui coûtait chaque halètement de sa poitrine brisée.

« Remy, mon cher Remy... »

Divie s'était agenouillée près de lui et tâchait de lui sourire à travers ses larmes. Il ne parut pas l'entendre.

« Je suis Divie. Oh! Remy, Remy! »

Elle perçut la flamme presque éteinte sourdant une seconde entre les paupières fermées. Alors, devant ce pauvre corps broyé, un désespoir sans nom la prit, et elle jeta un regard de détresse autour d'elle.

Elle s'aperçut à peine qu'une voiture d'ambulance, construite avec tout le confort de l'époque, les avait pris l'un et l'autre, pour les conduire à Reims, en un moment, dans une chambre d'hôpital.

Là, Varannes reprit un peu connaissance. Il murmura à Divie :

« Je ne croyais pas vous revoir ainsi. »

Elle se pencha sur lui et répondit, avec une grande douceur :

« Cet instant si affreux passera. Vous êtes trop robuste pour ne pas surmonter cet ébranlement. »

Elle disait cela; mais elle voyait avec une impitoyable fixité le front, aussi blanc que les bandes qui l'entouraient, se voiler déjà par la mort. Il murmura encore :

« Je sais que la fin est prochaine. »

Elle eut un geste de protestation.

« Cher Remy, ne redites pas ces choses. Il vous faut beaucoup de calme. Je ne m'éloigne pas de vous. »

Elle n'avait jamais vu la vie s'éteindre chez les êtres

jeunes. Elle avait bien vu mourir Joël; mais la mort n'avait pas vaincu ce héros, il était allé au-devant dans toute sa vitalité. Elle n'avait pas ressenti une affection très vive pour son fiancé, ne l'ayant pas choisi, seulement accepté de son père; mais, à cette heure, une pitié immense éveillait chez elle une sorte de tendresse.

La nuit commença. Divie ne dormait pas, et si ténu lui avait paru le fil qui retenait encore la vie de l'agonisant, qu'elle n'avait pas voulu prendre un instant de repos.

D'heure en heure la porte s'ouvrait. Un interne entrait, jetait un regard sur le lit ou venait palper la main brûlante, puis s'éloignait. La garde sommeillait.

Et Divie versait dans cette nuit tragique des larmes silencieuses.

Une voix appela soudain :

« Divie, vous êtes là ?

— C'est vous qui parlez, Remy ?

Elle était déjà près de lui. Elle demanda :

« Vous souffrez davantage ? »

Elle vit ses yeux, agrandis par la fièvre, où se lisait un intense désespoir.

« Divie, je ne verrai pas une autre nuit. Comprenez-vous combien il est affreux de partir ainsi, en pleine jeunesse ?

— Vous vivrez, cher Remy.

— Je ne vivrai pas, je le sens, fit-il avec un élan de révolte. Ah ! penser que tout est déjà fini pour moi, tout !

— Mais vous aurez rempli votre courte vie d'intrépidité et de gloire!

— Que m'est la gloire à cette heure! Consolez-moi, Divie, dites-moi des mots qui apaisent. Ne voyez-vous pas que la mort m'est atroce? »

Divie se tordit les mains. Elle avait beau chercher, elle ne trouvait rien à dire à ce mourant. Tout ce qui avait été le passé ne pouvait qu'aviver les regrets de Varannes, et il n'aurait pas d'avenir.

Alors elle éclata en sanglots bas et convulsifs, se rappelant l'immense détresse où elle s'était trouvée elle-même, il y avait seulement une année.

« Remy, moi, je ne sais rien, fit-elle avec une humilité touchante; mais Léna de Plouarec disait des choses qui consolent. »

Il la regarda avec pitié.

« Prévenez-la, non pour moi, elle ne peut rien; mais pour vous, qui serez seule. »

Le premier télégramme que les bureaux de Reims enregistrèrent ce matin-là était à l'adresse de Léna et portait cet appel suppliant :

« Remy mourant. Venez, j'ai besoin de vous. »

Divie vit la journée s'écouler lourde, écrasante. Comme la nuit tombait, elle pensa avec un soulagement infini que Léna pourrait arriver ce soir même. Elle ne pouvait plus regarder le visage de Remy dans sa douloureuse ironie ou dans ce désespoir qu'il taisait.

Elle se leva tout à coup : une silhouette de femme s'encadrait dans la porte.

Divie s'élança à sa rencontre.

« Léna! Léna! gémit-elle, laissant tomber sa tête sur l'épaule de la jeune fille.

— Pauvre petite! »

Elle se releva aussitôt.

« Léna, que dites-vous à ceux qui vont mourir? » demanda-t-elle avec un geste d'impuissance.

La Bretonne répondit avec une foi sereine :

« Des choses consolant éternellement. »

Elle était près du lit.

Remy, qui sommeillait, leva les yeux vers ce tranquille visage.

Elle dit avec douceur :

« Je suis Léna de Plouarec. Votre fiancée, — elle prononçait maintenant ce mot avec une immense pitié, — votre fiancée m'a appelée, et je suis venue. »

La voix éteinte répondit :

« Elle a bien fait. Vous l'emmènerez quand tout sera fini.

— Quand vous serez entré dans la paix.

— Dans la mort. »

Elle dit avec une simplicité douce, se servant des mots anciens :

« Non, dans la paix du paradis. »

Elle continua, retenant mal ses larmes :

« Moi, je ne sais guère vous dire ces choses; mais tous les

miens sont partis avec d'impérissables espérances. Voulez-vous recevoir ce qui les a consolés? »

Il ne répondait pas, ne connaissant point ce langage.

Léna se tourna vers Divie.

« Allez chercher un prêtre, dit-elle; le salut de cette âme dépend peut-être de votre courage. »

Elle vit Divie hésitante, comprenant mal.

« Il existe bien un prêtre catholique dans cette ville? Renseignez-vous, allez. »

Elle parlait maintenant avec fermeté. Et, comme la jeune fille sortait en courant, elle se laissa tomber près du lit, disant en pleurant les prières sublimes qui devaient aider à mourir le fiancé de la petite Divie.

<hr>

XIX

Remy n'est plus. Il s'en est allé dans la paix bienheureuse promise par Léna.

Ce même jour, à Plouarec, une courte lettre était parvenue à Allan.

« Dois-je ramener Divie? Elle a besoin de notre affection, et j'hésite, parce que tu peux te leurrer d'un espoir qui n'aura pas de réalisation.

« Allan, s'il faut toucher à cette situation délicate et te dire cette chose qu'il t'a été si humain de penser : que la mort de Remy libérait Divie.

« Mon noble Allan, dans cette incertitude cruelle, dois-je t'apprendre aussi que la fille de Leytang se trouve à une heure décisive? Elle a vu partir Remy consolé; elle a baisé dans la mort son visage résigné, et elle s'est jetée dans mes bras en me disant : « Léna, Léna, comme il a bien fait de « croire ! »

« Cette heure d'ébranlement se retrouvera-t-elle, Allan? Son milieu mondain et sceptique ne la ressaisira-t-il point, et n'y oubliera-t-elle pas cette scène?

« Alors j'ai pensé que c'était à toi de décider entre la raison et le devoir. »

Elle ignora la lutte que son frère avait pu soutenir et qu'il voilà sous cet appel très simple :

« Revenez toutes les deux. »

Et ce fut ainsi que Divie rentra au manoir.

Leytang avait annoncé son retour aussitôt que sa fille lui avait câblé ces deux mots brefs et poignants :

« Remy décédé. »

Il y avait deux jours que Divie était à Pont-Aven, lorsque Leytang y arriva.

Son visage était altéré, et, quand il revit sa fille, il ne put dire une parole.

Lui, plus qu'elle-même, avait désiré cette union. Remy avait été le fils de son choix.

« Je vous remercie de la générosité qui vous a fait recueillir dans cette maison ma pauvre enfant, dit-il, sortant de son silence et se tournant vers Léna.

— Elle nous était trop chère pour l'abandonner, » répondit-elle.

Au bout d'une semaine, l'aviateur parlait de repartir et d'emmener Divie. Son existence mouvementée ne connaissait guère les haltes de repos ni les trêves qu'on accorde à la peine; mais, regardant sa fille, il vit ses traits pâlis, ses paupières meurtries.

« Léna, voulez-vous garder Divie pendant les premiers temps de ce deuil? Vous aurez pour elle des attentions que j'ignore et des mots que je ne saurais lui dire.

— Vous nous rendrez heureux, » répondit Léna.

Et Divie resta.

Non, il eût mieux valu pour les Plouarec qu'ils ne la vissent pas, quand elle traversait leur grand jardin, l'oublier quand, sortie de leur demeure, ils savaient qu'ils auraient la douceur de la voir revenir.

Et ainsi trois mois passèrent. Si le frère et la sœur n'avaient pas voulu voir la fin de ce rêve, ils eurent un douloureux réveil le jour où, sur un appel de son père, Divie annonça son départ.

Il l'emmenait vers les pays d'Orient. Elle reprenait sa vie aérienne, cette vie dont elle parlait avec un enthousiasme voilé, par égard pour ceux dont elle avait reçu l'hospitalité.

Elle était partie. Elle avait parlé de revenir chaque année, elle disait qu'elle ne les oublierait jamais. Cependant elle était partie. Avait-elle soupçonné l'affection d'Allan ?

Maintenant les Plouarec ne recevaient d'elle que de petites lettres lancées à travers l'espace.

Elle avait stationné à Java, puis à Ceylan. Les dernières nouvelles parvenues étaient d'Égypte. Elle comptait y séjourner un long temps. Où étaient ses promesses de fidèle retour ?

Depuis plus d'une année, elle avait quitté Plouarec. Elle n'y reviendrait pas : le passé, la vieille race qu'elle aimait pourtant, n'avaient pas assez d'éloquence pour la retenir.

Ce soir, le vent chevauche dans les chênes bretons, le feu flambe dans l'âtre, bienfaisant à ces approches de Noël.

Allan et Léna, recueillis près de leur foyer, écoutent la plainte véhémente de la rafale qui appelle un instant sous la porte et redescend, puissante, dans la lande.

Mais ce n'et pas le vent qui ouvre cette même porte toute grande; ce n'est pas lui dont on entend le rire léger et la voix chantante, le bonjour joyeux dont il les salue.

« Divie, ceci est fou et charmant. »

La petite aviatrice est au milieu d'eux et répond gaiement :

« Bien sûr, Léna. J'ai fait arrêter l'auto au bas du parc pour vous surprendre, et suis montée seule dans la tempête. »

Elle riait, secouant sa mante lourde de pluie, relevant une mèche folle de sa chevelure tombant sur ses yeux brillants.

« Ainsi, votre père ne vous a pas amenée ?

— Il ne le pouvait, autorisant seulement cette fugue sous l'égide d'un chaperon respectable. Léna et Allan, dit-elle devenue grave, j'ai voulu passer près de vous cette fête de Noël. C'est ici que Léna m'a faite croyante, et je veux prier dans votre chapelle. »

Ainsi, elle était venue là où ils avaient tant espéré l'amener. Que fallait-il maintenant pour les rapprocher davantage? Ils voulaient la revoir toujours comme elle revenait, à cette même heure, le long des routes de Pont-Aven, dans cet après-midi de Noël. Ils voulaient écouter encore [ce même accueil fait à leur maison : « Il fait bon chez vous, » et voir, comme au premier printemps où elle était venue, ses doigts se tendre à la flamme.

Ils ne voulaient plus qu'elle repartît. Ainsi l'heure était arrivée où Allan devait parler, où il le pouvait. Leytang l'avait laissé un jour comprendre, en répondant à une question pressante de Léna.

« Divie ? »

Elle se redressa, tournant vers lui ses beaux yeux sincères.

« Divie, depuis si longtemps que je vous ai choisie pour porter notre vieux nom, laissez-moi vous le dire enfin. Comprenez tout ce que j'ai souffert, à ce qui s'est mis en travers de mon bonheur, depuis le jour où vous avez paru dans notre maison. »

Elle étendit la main.

« Allan, par pitié, non, ceci est impossible. Pourquoi me faut-il vous briser le cœur? Ma vie trop moderne ne peut s'allier avec la vôtre. Allan, j'aurais tant voulu que vous ne me disiez jamais ces choses, parce que je ne pourrai me souvenir de vous sans souffrance et sans regret. Pardonnez-moi; vous aussi, Léna. Il me faut partir, et demain je vous dirai adieu. Je garderai toujours la mémoire du Plouarec

Prenant sa revanche, le passé austère et magnifique s'alliait au présent triomphant.

où je vous ai connus, où, si je l'avais pu, j'aurais voulu vous aimer toujours. »

Et ainsi se brisa cette journée, dont Allan aurait voulu faire le soir de leurs fiançailles.

Le lendemain elle partirait, la petite Divie, et cette fois sans promesse de retour. Elle se tenait immobile sur le seuil, regardant la route et la grève.

« Chère Divie, fit doucement Léna, il va être l'heure. »

Mais deux prunelles voilées de larmes se tournèrent vers elle :

« Je ne puis plus,... je ne puis plus partir, Allan, je n'en ai pas le courage. »

Presque impérieuse, la voix de Plouarec s'élevait près d'elle.

« Redites-moi, redites, dans ces lieux où vous avez affirmé que notre vieille race ne pouvait vous ressaisir, ces paroles que vous venez de prononcer ! »

Elle ne les répéta pas, mais elle lui tendit la main. Et ainsi Allan et Divie se fiancèrent en face de la lande rude et sauvage.

Prenant sa revanche, le passé austère et magnifique s'alliait au présent triomphant.

FIN

37052. — Tours, impr. Mame.

www.ingramcontent.com/pod-product-compliance
Ingram Content Group UK Ltd.
Pitfield, Milton Keynes, MK11 3LW, UK
UKHW021114220726
13924UKWH00004B/1711